老いの風景

Sumika
素味香

文芸社

まえがき

人も動物もこの世に生まれて成長し成熟し　やがては死を迎えます。今若くて活気に満ち満ちている人も老化してゆくのです。人間は、社会を作ってこれまでなんとか世代交代をうまくやって参りました。私がここに書いたのはその過程の中の一場面にすぎません。いろいろなことがあって現在に至っているのですから、この本に書いてある内容は　今から十年以上も前のこともあれば、更に五十年くらい前のことまでありますので、もはやセピア色の写真のようなものかもしれません。

「ずいぶん遅れているなあ、今ではそんなことないよ」と思われる方もいらっしゃるでしょう。それでは、なぜわざわざそんなことを書いたのでしょうか。それは、私たちが忘れてしまいがちな豊かさを、老人たちが育んできたままに持ち続けているという　私の気づきを皆さんと共有したいからなのです。「え、本当?」と興味を持っていただき、これからあなたやあなたの家族にも訪れる老いの世界に、一歩でも共に足を踏み入れていただければと願っています。

もくじ

ショートステイ「はる」で

殺風景な田舎というと何を想像するだろうか。

ここは民家もまばらな、商店街もない郊外の、だだっ広い敷地に建てられた平屋建てのショートステイ「はる」。ここでいうショートステイとは、短期入所型の老人介護施設のこと。周囲には畑や田園が広がっている。

しかし、一歩その建物の中へ足を踏み入れると、そこには大変な熱気が渦巻いている。吹き抜けの高い天井の広いホール、それをデイルームとして居室が取り囲む。個室や夫婦部屋がわずかにあり、残りのほとんどは大部屋である。

朝、送迎者の出入りで「はる」は殺気立つ。まず、当日入所者の受け入れを行う。手続き、チェック、居室への案内などだ。この時、前日から滞在中の利用者は朝食、服薬、バイタルチェックなどを受けている。ホールで過ごすことが難しい利用者は、また居室のベッドに移っていく。入浴の係は準備を始める。

「はる」を利用する高齢者は認知症の人が多い。もちろん、認知症ではなく、頭ははっきりしているが麻痺や拘縮などのために体が不自由な人、家族の都合でその口の介護ができない人などさまざまではある。ショートステイを上手く利用すると、利用者と家族の両方の息抜きができる。

ところが、入所をする本人に利用についてよく説明していなかったり、本人が納得できていなかったり、認知症のために理解ができなかったりすると、無理やり自宅から連れ出されたと不満を抱くことも多い。また、徘徊がひどい人が入所すると、外に出て事故に遭う危険性もある。

デイルームであるホールには大きなテーブルが細長く置かれ、利用者の大半はそこで一日を過ごす。同じホールに入所者の荷物を置いたりチェックしたりの作業スペース、入浴後の整容（ドライヤー、耳掃除、爪切りなど）を行うスペースもある。デイルームとたくさんの居室の他に調理室、入浴施設、看護室、事務室、洗濯室、休憩室などもある。

デイルームには大きなテレビがあり、新聞も用意されている。「はる」の目玉はコーヒー飲み放題。注文をされると介護職員がインスタントコーヒーをいれる。テーブルでくつろいでいる利用者と同じ空間のそれぞれの一角で、職員が分担された仕事を行っている。

仕事の中でも入浴をリストに従って行うのはなかなか骨が折れる。まず誘導係が声をかけるのだが、毎日でも入浴したい人、死んでも入りたくない人、何かと理由を作って拒否する人、血圧や体温や病気、怪我などのために入浴できない人などさまざま。上手に誘って風呂場まで付き添い、脱衣を手伝うと、入浴係が風呂場で待ち構えている。ほとんどの利用者は歩行がおぼつかない上に、濡れた風呂場では転倒しやすいので緊張の連続だ。入浴を誘った時にはあれほど嫌がっていた利用者も、湯につかってしまうと今度はなかなか出たがらない。高齢者は長年自宅でゆっくり湯船につかる習慣が身についているので、五分や十分で出されるのでは当然満足できない。介護職員は老人の心臓や血官のほうを心配しているから両者は永遠に気持ちが食い違う。そうこうして、ようやく湯船から上がると着替えの手伝い係の仕事だ。麻痺のある人や寝たきりの人の着替えは難しい。利用者の中には暴力を振るう人もいるので注意を払わないとならない。誘導係は着衣の済んだ利用者をデイルームの整容係の所まで案内する。整容係は髪を乾かし、耳を掃除し、手足の爪を切る。爪切りを嫌がる人もいるが、深爪が好きで、「もっと切って、もっと……」という人が意外と多い。出血事故になりがちなので爪を切る瞬間は神経がピリピリする。なだめて、すかして、ようやく無事に入浴介助を済ませた入浴係は風呂掃除を行う。掃除が終了した頃にはしばし全身の力が抜けてぼうっとしてしまう。

利用者への介助は他にもトイレ誘導や排泄介助、オムツ交換、リネン交換、食事介助、服薬介助、レクリエーション、移動介助などたくさんある。直接の介助ではないが、洗濯、掃除なども毎日の仕事だ。

食事の調理は専門業者が建物の一角の調理室で行い、運び込む。介護員の他に看護師、栄養士、送迎員、事務員、相談員、施設長などの職員がいる。利用者の様子、言動や行われた介助、バイタル、食事量などを一人ごとに細かく記録する。記録は職員同士の情報共有にも役立てる。どこの職場でもそうだが、要領よく仕事をこなす職員もいれば、退社時刻を大幅に過ぎても終わらせることができなくて悲鳴を上げている職員もいる。

利用者の多くが認知症や脳梗塞などで身体的、精神的不自由をかかえているとはいえ、人生経験豊かな老人で、さまざまな主義主張を持っている。判断力の確かな人もいれば、判断をすることができなくて訴え続けるのをやめられない人までいろいろ。職員とすれば正しい返答をしたのに、利用者に理解してもらえないことは日常茶飯時。そこで介護をする側の工夫がいる。若くてエネルギッシュな職員たちと、老練な昔の元働き者たちとのやりとりや、そんな老人同士のちぐはぐな交流が交錯して混沌たる空間をかもしだしている「はる」。

就寝時間にデイルームから人がいなくなってがらんとすると、昼の喧騒が嘘のようで、ほっと一息つける。しかし、コールを頻繁に鳴らす利用者がいると、そうもしてはいられない。看護師は夕方上がりのため、夜間はいない。上がる前に彼らは体調不良や病状急変の心配のある利用者への注意事項を夜勤職員に伝えて、翌朝出勤するとすぐにその人たちの体調チェックをする。ショートステイは大人数の利用者が流動してやまない。そのためチームでの連携が特に重要だ。

田園の広がる田舎とはいうものの、「はる」がある地域は農業地域とも言い難く、町工場の多い商業地域が控えている。利用者の多くは専業農家ではなく、サラリーマン家庭や元職人、元工場主、商人、主婦など。そのため農業地域には見られない独特の明るさと活気がある。

「はる」は男性利用者の数が当時としては多かった。今では不思議に思われそうだが、介護施設ができたての頃の男性は施設利用を嫌がる傾向にあった。ところが、「はる」には行楽気分で気楽に利用する男性がけっこういた。一同が長いテーブルに会していると、時々いきなり立ち上がって喋りだす人物がいる。「えー、本日は……」長々と朗々と挨拶をする人もいれば、次の日程についての説明や指示を出す人もいる。他の地域ではあまり見受けられない、その人の昔の仕事ぶりがしのばれる光景だった。女性はというと、他の地域の利用者よりも、ぐずぐず遠慮したりせずにわりあいはっきりと自分の意思を伝える人が多かった。

現在では認知症が広く理解されつつあるが、当時はあまり理解されていなかった。脳梗塞などで麻痺が残った人への介助方法は体系化されていたが、見た目に何ともない老人が不可解な言動をする認知症にも　適切な介助が必要であるという認識が、一般的に普及しているとは言い難かった。まして、その具体的対処方法となると、介護員でさえ教えられていないに等しかった。

新しい職業であった介護職で教えてもらえるのは、麻痺や拘縮がある人への介助方法と、認知症の症状やメカニズムについてだけ。「では、具体的に認知症の人をどうやって介護するのか?」となると、介護者はその都度首をひねらなければならない。つまり、全国民がやり方を知らない時代だった。「あなたの優しさが利用者の力になる」と励まされても、こうまでわけがわからないとやりようがない。経験だけがヘルパーを育ててくれる。その中で叱ってはいけない、禁止してはいけない、拘束してはいけない、もちろんどんなに暴言、暴力を受けても介助者は暴言、暴力を行ってはいけない、転倒させてはいけない、興奮させない、無視しない、行方不明にしない、清潔を保たなければならない……やってはいけないことだけははっきりとしていた。

一人一人の生活歴やその日の体調、気分、介護員との相性などなどさまざまな要因があるために、利用者がその時どういう反応をするかの予測が難しい。行き着くところは感情と感情の世界なので、簡単なこともあれば、こじれにこじれてしまうこともある。職員がそこをのみこんで上手くできるか、手っ取り早く自分の仕事を終わらせてしまう方を優先するかで、一見同じ対応をしているように見えても、利用者からは大きく違った反応が出てくる。一日の業務はきっちりと詰まっているから、その中での両者の駆け引きとなる。結局、職員と利用者の泣き笑いのうちに、次第に介護のコツを覚えてゆく。

頻繁に尿意を感じる利用者はひっきりなしにトイレ通いをする。そういう時に介護職員は「頻尿」とか「トイレ頻回」という記録をする。その際、自分で歩いてトイレに行き、きちんと用を済ませて席に戻る人もいれば、一人で歩けるものの歩行が不安定な人、歩行器や杖などに頼る人、車椅子を使って一人でも上手に用が足せる人、車椅子を押してもらい、用を足す手伝いまでしてもらわなければならない人など、その人が持つ障害によって介助方法もさまざまになる。尿意が全くない人には時間を決めてトイレへ誘導をする。また、日頃しっかりとしている人でも、体調次第ではトイレの中で転倒していることだってある。とにかく何か所もあるトイレはいつも塞がって順番待ちだった。

日頃から口数の少ない太ったマツさんに車椅子から立ってもらい、ズボン、紙パンツを下げて無事便座に座ってもらうには、本人の意思とは裏腹に、彼女の腕や足腰の自由がきかないためにとても時間がかかる。衣類を下げた後、すぐにクルリと腰を後ろ向きにして便座に座れれば何の問題もないのだが、実はズボンとパンツを下ろした瞬間やパットをはずした瞬間に　反射的に失禁が始まることがよくある。これはマツさんに限らず、歩行も動作も健常な人でさえあることだ。どうしても失禁させたくなかったら、少々早めにトイレへ誘導するといいかもしれない。失禁するとズボンや靴下、運が悪いとシャツ、上着まで濡れる。別に、着替えればそれで済むだけのことなのだが、手間はかかる。今回は無事に済んで安心したのか、マツさんの無口な口元がゆるむ。「いつも濡らすと、〃我慢が悪い〃と殴られるんだよ」めったに喋らない人が喋ったのと、その口調がとても悲しそうだったのとで心を奪われた。「え、そうなんですか……でも、よくあることなんですよ、漏れるのは」介護員の私にはなんでもない後始末も、老老介護の夫の手には負えないのかもしれない。マツさん夫婦のどちらもが気の毒で、慰めながら溜息が出る。

杖でちょこちょこ歩けるチヨさんは、ひっきりなしにトイレ通いをする。耳が遠いために無駄口ひとつきかず、いつも穏やかな笑顔で座っている小柄で可愛らしいお婆ちゃんだ。ただ、いくら「今、行ったばかりだから、また行っても出ませんよ」と言い聞かせても承知しない。出てても出なくても一連の動作を済ませては席に戻る。本人はうるさくて嫌だろうと思うものの、途中で転ぶ危険性があるのでその都度付き添う。

いつもトイレで上手に介助を受けていたキミさんが、その日に限ってトイレに入ると車椅子からうまく立ち上がれなかった。そのために漏らしてしまい、こちらも驚いたが、本人はもっと驚いて、用を済ませてからもトイレの中でしばらく泣いていた。もちろん責めも叱りもせず、慰めてきちんと後片付けをしたのだが、キミさんの受けたショックは大きかったようだ。

病院で陰部に管を入れて専用パック（膀胱留置カテーテル、フォーレ）に尿を溜める処置を受けている人もいる。フォーレに溜められている尿は記録されていて　介護員がそれを触ることはできない。そういう患者でも尿意があって、トイレに行きたがる。その都度説明してトイレでの排尿はできないと断るのだが、大抵すぐに忘れて「おしっこ」と訴える。

車椅子を上手に自走させることのできるトメさんもフォーレをつけている。いくら訴えてもトイレに連れて行ってもらえないので、とうとう自分で車椅子を席から離してトイレへ走らせてしまう。トイレの前で待っていてもフォーレが入っているので、また席に戻される。そんなことを繰り返してとても危ないので、山田介護員が黙ってそっとトメさんの車椅子の後ろをしばらく押さえてからこっそり席に戻す。繰り返すうちにトメさんが叫ぶ。

「俺ばっか馬鹿にしてえ。おらあ知ってがんだ、誰が連れて戻したか。あの女だな！」

どきりとした山田さん、暗い顔をして小さい声で私につぶやく。

「そりゃあ、戻したよ、私が……でも、あの言い方が……」

まあ、そんなに落ち込んでと心配していると、次の瞬間ニコリと笑って「でも、もう大丈夫」。本来は説明をしてから戻すべきであったのだが、そうしたところでトメさんはまず納得しない。そこで手間を省いて黙って実力行使して、トメさんに見事一本取られてしまった。何しろ、トメさんは本気で馬鹿にされたと思い込んで腹を立てているのだから。

ある日、大柄な、つい数日前までは立派な老紳士であったであろうと思わせる利用者が入所してきた。麻痺があるためにベッド上でおむつ交換をすると、おむつを開き始めたばかりの時に「ああ……」絶望的な小さい悲鳴を上げた。その声が真に悲しそうで、思わずどぎまぎした。すると横向きの陰部の先からちょろちょろと尿が漏れた。我慢していたのだ。男性でよくあるケースなのだが、彼はすっかり意気消沈して見る影もない。こんな風に、今までできていたことをひとつずつ手放してゆかねばならないのは、さぞかしつらいだろう。

風呂場ではもっと混乱が繰り広げられている。認知症の人に入浴を嫌がる傾向が強い。そもそも日頃利用者は夜に自宅でゆっくりと入浴している。ここではまだ昼のうちに他人の前で裸にならなければならない。入浴を心待ちにしている人からはお礼を言われて大いに達成感を感じるのだが、嫌がる人を相手にするのは難しい。風呂場へ誘導する段階でこじれることもある。入浴目的で「はる」を利用している家族は多く、退所者は退所前日に優先して入浴がセッティングされている。入浴の誘いがエスカレートすると相手も強硬になって、中には杖を振り回して大立ち回りをやるご婦人も現れ、驚かされた。普通は適当なところで折り合いがつくのだけれど。

「痛いようー、ひどいことをするのね。こんなひどい目に遭わされたことありません！」

ユウさんが甲高い悲鳴を上げ、皆の手が止まる。ユウさんはまだ服を着たままで、これから脱ぎにかかるところだった。彼女は日頃から、ベッドから車椅子に移る時でさえ体に指一本触れただけで大袈裟に悲鳴を上げる。ひどい時には電動ベッドの背部を起こし始めただけで叫ぶ。彼女の介護には時間が必要だ。殺気立った脱衣場で着脱介助の職員がそのままの勢いで脱がせ始めたのでユウさんは声で最大限の抵抗をしたのだろうか。その隣でタツさんが一人で服を脱いでいたのだが、背を向けたまま、小さいがきっぱりとした声で、「自分でできないからここへ来ているんでしょう？　やってもらってそんなこと言うんじゃありません」と言い、職員を驚かせた。私はユウさんを腫れ物に触るようにして機械入浴(注)の介助をした。

洗髪を嫌がる利用者も多く、できるだけブーイングされないように神経を張ってシャンプーするが、興奮が強すぎる人には洗髪をしないからと約束をして入浴してもらうこともある。

実は声での抗議はまだ良いほうなのだ。麻痺が強くてほとんど一日寝たまま居室で過ごすサ

(注)　**機械入浴**……歩行や座位を取ることが不自由な利用者に対し、特殊な浴槽を使用して入浴の介助を行うこと

キさんは強烈だ。彼女は普段のおむつ交換の時でさえ半端じゃない。嫌がって交換させたがらないというよりも、交換に集中している職員の顔といわず、髪の毛といわず、腕といわず、麻痺していないほうの手で、(痒くてたまらない陰部をかきむしった汚れた手で)引っ掻いてくる。まず、職員が部屋に入ってきた段階で大きな声で精いっぱい卑猥な言葉で罵り始め、職員が出て行くまでやめない。寝たきりの現状に我慢がならないのだろう。短いおむつ交換の時でさえ職員は必ず生傷をつけられる。まして入浴介助の長丁場は地獄だ。半身麻痺の彼女の麻痺していないほうの腕は信じられないほど素早く動く。電光石火の一撃は容赦がない。入浴介助を受けているあいだじゅう声高に汚い言葉を浴びせかけているので思わずこちらの手元が狂いそうになる。引っ掻かれまいとよけるので神経が疲弊する。サキさんにとっては介護員が唯一の憂さ晴らしのできる対象らしいが、こちらは「きれいにしてあげよう」としか思っていない。気持ちが通じずに罵られて、引っ掻かれて、身も心もひりひりする。

デイルームの長テーブルではいろいろな光景が繰り広げられている。お喋りに花が咲いている所もあれば、一人で誰とも喋らずにじっとテレビだけを見ている人もいる。歌が大好きな人は歌詞の本を回して数人で合唱を楽しんでいる。時々呼ばれて介助に入ると、「洋服や物を作るのなんか何ともないけど、人を扱うのは一番大変なんだよ」とその都度ねぎらいの言葉をかけてくれる利用者もいる。

ユウさんは個室からなかなか出たがらないが、食事やおやつの時には車椅子のままデイルームの席につく。彼女は自らほとんど動かない。車椅子に移る時には立つことのできる利用者は立ち、手でつかめることのできる利用者はベッド柵をつかみ、極力本人のできる能力を利用するのだが、ユウさんは一切しようとせず、「いやあん」「痛い」「馬鹿」を繰り返すのみ。テーブルについても同じ調子なので、同席者たちは呆れ返っている。反感を持った利用者が思わず咎めると、すかさず「馬鹿!」と大きな声で返す。その言い方が実に蔑みに満ちている。

離れた所に座っていたイトさんが小声で「気にしなさんな」と慰めてくれる。「佐渡の……」イトさんの話には必ず佐渡が出てくる。「……わがままのありったけをして育ったんだすけ……」イトさんはいつも笑顔で如才なく話しかけてくれる、穏やかな人だ。

エミさんは病院から退院すると、家には戻らずにそのまま入所した。しばらくは喋らず、ほとんど食べず、表情のない灰色の目をしていた。時がたつと次第に少しずつ口を開くようになったが、食事では食べ物を床に捨て、トイレも風呂も「出ましょう」と言うと、まず「嫌だ」の返事。「騙してばっかいて」と憎々しげに介護職員を睨む。

ある日、同席の親切なフユさんが「私はもうコーヒーをいただいたけど、この人がいれてくれれば飲みたいんだって」と教えてくれた。この人とはエミさんだ。

「え? 何かの間違いでは……」と思いつつも、テーブルに背を向けて車椅子に座っていたエミさんに聞くと、「ここに入れて持ってきてくれれば飲む」とはっきりと言う。これまで彼女から何かをしてほしいと頼まれたことがないので驚きながらも私が差し出したコーヒーを、エミさんはゆっくりとおいしそうに飲んだ。やがて時と共にエミさんの冷たい目も優しくなり、表情がぐっと穏やかになっていった。

その隣では、コーヒー中毒で、お代わりを言われるたびにこちらのほうが心配してしまうフジさんが、テレビに夢中になっていた。フジさんはいつもの片肘ついてそっくりかえったポーズ。コーヒーの注文もはっきりとするし、しっかり立ち歩きして一人でトイレを済ませ、席に戻るとまた吸い寄せられるようにテレビに釘づけになる。あの喧騒の中で、他の人に話しかけられてさえ返事を返さない。実に堂々としているが、ふてくされているようにも見えてしまう。しかし、どうも、何かが面白くないということでもなさそうだ。誰にも迷惑をかけず、集団の中にいると落ち着くといった感さえある。

テーブルの上を指ピアノで楽しそうにポンポン弾いていたトシさん、レクリエーションや合い間の時間に仲間で合唱をする時には勢いよく合いの手まで入れる。「ハイ！」「ポン！」「よいしょ！」

その日の新聞を目の前にひろげていたので、読んでいるのだとばかり思っていたら、いきなり下のほうを幅広くビリビリと破いて鼻をかみだした。みんなで読む新聞なのだが……。

ミズさんがめそめそと泣いていたのに気づき、そばに行ってみると、「あんな言い方ない、あの人は女の人のことを思っていろいろやってくれていたのに……」と言う。近くの人が、テレビの時代劇を見ているうちに、はすっぱな女役の登場人物に腹を立て、相手役の男性に同情して泣きだしたのだと教えてくれた。ミズさんは日頃からよく泣く。

「知ってる人が一人もいなくて私は悲しい。それにあの人、さっきから怖い顔して私のことずっと睨んでいる。私は睨まれる覚えがないのに……」

あの人とはタツさんのことだ。

タツさんは要介護五、つまりマックス。五の人はなかなかいない。全身が硬直気味で、顔もこわばって、表情はほとんど動かない。見開いている目はいわゆるやぶ睨み。いつも口を尖らせている。利用者だけでなく、介護員も彼女にじっと見続けられていると落ち着かなくなり、やっぱり睨まれていると錯覚する。喋らないし、笑わない。ある時、たまたま食事を介助することになった私は「おいしいですか？」と聞いてみた。だいぶ間があってから、表情はこわばりながらも（多分努力して顔の筋肉を緩ませながら）「うん」と答えてくれた。顔は相変わらず引きつったままで、非常にゆっくりと、聞き取れないほどの小さい声だったが「ああ、応えてくれた！」と大変感動した。それから別の日に、今度は「まずい」の返事。ただでさえ渋い顔をさらに渋くしたので、食べさせているこちらのほうが気が引けるほど。しかし、それにしては、少しずつゆっくりと時間をかけて介助されるまま残さず全部食べてしまった。飲み込みがスムーズにできなかったり、食欲がない人へはひと匙ずつ根気よく口に運んであげるのだが、それでもほとんど減らないことが多い。すると、その食事介助の時間が介護員にとっては苦痛の時間となる。だから完食してもらえるととても嬉しい。次の朝、出勤するとすぐにタツさんの顔を覗き込んで「おはようございます」と挨拶をした。タツさんの返事を期待してはいなかったのに、少々間があってから「お・は・よ・う」とはっきり笑顔で応えてくれた。だれが見ても嬉しそうな表情で。私は飛び上がらんばかりに驚いた。こういう喜びの瞬間が介護職にはある。

やぶ睨みではないが、いつもむっつりしているスミさんが、ある日のおむつ交換の時に実にはっきりと「ありがとう」を繰り返して言ってくれた。やはりとても感動したが、その後は元のむっつりに戻ってしまい、それからのおむつ交換で二度と期待していた心はずむ「ありがとう」を聞くことはできなかった。

席に座っている間はいつも楽しそうに一人で歌を口ずさんでいたヨセさんは、今回の久しぶりの入所ですっかり様子が変わっていた。真っ青な顔をして、切なそうに顔に皺を寄せて半分でたらめの童謡を歌っている。はた目にも苦しそうにしか見えないのに、歌うのをやめようとしない。

ショートステイは短期入所施設なので長期利用はできない。それぞれの家庭の事情に合わせて申し込みがある。限度ぎりぎりの長さで滞在し続ける利用者もいれば、ほんの一日か二日で帰ってゆく利用者もいる。また、定期的に利用する人もいれば、他の施設を行ったり来たりして違いを楽しむ人もいる。利用者の数は膨大だ。

私が初めて介護職に就いたのがこのショートステイで、「どうやって利用者の名前を覚えるのだろう?」と半ば絶望的な気分に襲われたものだ。実際に仕事を始めると、よく利用する人とめったに来ない人がいることに気がついた。記録をとるので、利用者の名前がわからないと本当に困る。利用者が名札をつけているわけではないので、たまに靴の後ろにマジックで名前が書いてあると、「ラッキー!」と思う。とりあえず利用者の名前を先輩に聞くのが日課になった。それにしても、慣れないためにとても疲れる。「絶対に転ばせるな」と言われて、勤務しているあいだじゅう緊張の連続だ。

私の後から入社した若い春日さんは、相手が利用者であろうが先輩であろうが実にはっきりとモノを言う人だ。ある日、トイレにばかり行きたがる利用者に「本当に出る時だけ呼んでください。出ないんだったら呼ばないでください」と言ったために、施設長から叱られていた。先輩職員の中にも、つい利用者に対して熱くなりがちな人がいて、その人もよく注意を受けていた。

職員だって人間だから、あまりの忙しさに声を張り上げたくなる時もある。自分の感情を上手くコントロールできないと介護職は難しい。何しろ利用者の障害を理解することとそれに対応することとは別問題で、理解してもなかなか対応できるものではない。そこへゆくとベテランヘルパーは実に頼もしい。仕事を的確に判断してこなし、きちんと時間内に終わらせる。その上、私のような新人にも役に立つアドバイスをしてくれる。そういうスーパーマンみたいな人でも苦手なことがあるというのだから、わからないものだ。

長期組の利用者の一人に檜山さんがいる。一見して、小柄で愛嬌のある坊主頭の可愛らしいおじいちゃんなのだが、実はたいへんなやんちゃだ。杖を歩行の時だけでなく、いろいろな時にちょっと使う。まず、彼とは話が通じない。認知症なのだからそれは別に珍しくはない。常に空腹で、食べ物を欲しがり、目に入ると食べてしまう。「ちょっとくれや」「もう食べたからだめです」のやりとりのうちはまだいいのだが、彼は他の人の居室にまで遠慮なく入り込む。当然嫌われてしまうが、一向に意に介さない。苦情が多いので常に行動を見張って、必要な時には制止をするが、効き目もなく繰り返す。平気で他人のモノを持ち出す彼に利用者の一人がすっかり腹を立てた。

家田さんは頭、体共にしっかりとしたほうの利用者で、正義感が強い。彼は認知症が檜山さんをそうさせているとは考えず、ただのずるくて悪い人間だと決め付けてしまった。職員に檜山さんの動向を逐一告げて注意喚起をしているうちは良かったのだが、ある日突然ホールの片隅でチャンバラが始まった。

「おい、そんなことしちゃだめじゃないか！」

「なんだやるか？」

「ほれ！」

カン、カン、カン。互いの杖と杖が絡み合い、その場にいた利用者も職員も突然の打ち合いに度肝を抜かれた。大柄な男性職員の介入で事なきを得たが、こうなったら小柄で非力な女性職員の手には負えない。介護現場に男性は絶対に必要だ。

とりあえず檜山さんから杖を預かり、車椅子に乗ってもらう。家田さんにいくら説明をしても、檜山さんを〝仕方のない人〟と思ってくれるはずもなく、その後も相変わらず敵のように檜山さんを見ている。先日も毛糸の帽子を被った檜山さんが車椅子で自走して通りかかると、たまたま居合わせた家田さんが、檜山さんの気づかぬうちにさっとその帽子を取り上げて、にんまりと笑っていた。もともとは正義の紳士だった家田さんなのだが……。

タケさんがおやつのホットミルクを減らしてくれと言う。残せばいいと言ってもダメで、職員と押し問答をしている。そこで、私がお茶用の湯呑に少量だけ取ってやると、本人はその湯呑へさらに減らす分を注ぎ足す。すっかり満足したようなので、離れた所で他の人のおやつの介助をしていると、突然男性の怒鳴り声の後、パン、パン、パンと手を叩く音がする。駆けつけると、タケさんの隣にいた山下さんがタケさんの手を叩いたと周りの人たちが教えてくれる。タケさんが先ほどの湯呑茶碗に入った減量したミルクを、いらないと何度も断る山下さんにしつこく勧めたので、とうとう山下さんが腹を立ててタケさんの勧める手を打ってしまったということらしい。タケさんは顔色を失って引きつっている。しばらく叩かれた手と、背中を優しく包み込むようにしてさすってやると、なかなかいつもの穏やかな顔には戻らなかったものの、やがて悲しそうな、こわばった表情でゆっくりとテーブルの上に顔をのせ、いつもの居眠りを始めた。私は減量ミルクをさっさと片付けてしまわなかったことを後悔した。

佐藤夫婦はいつも一緒に入所してくる。たまにやきもちを妬いたり、夫婦喧嘩をしているかと思えば、二人で部屋にこもって仲良くテレビを見たりしていた。ある時、奥さんの具合が悪くてご主人が一人だけで入所した。自宅に取り残された奥さんが、家人にご主人がいないと騒ぎ立てて、翌日追いかけるようにして入所してきた。しかし、次の日に奥さんは体調悪化で入院することになって退所し、数日後に病院で亡くなられたという。奥さんが亡くなられたことも、葬式も、ご主人には何も知らせないままショートステイでの滞在が続けられた。職員は佐藤さんがいつ「連れ合いは？」と言い出すか、はらはらしていたが、そういうこともなく日にちは過ぎていった。ある日、ホールの椅子から立ち上がろうとした佐藤さんを、遠くから発見したある職員が大きな声で咎めた。その声で気づいて佐藤さんの所へ駆けつけると、彼は私の耳元で「言わんたっていいことばっか言って！」とやっと聞き取れるほどの小声ではあったが、激しく言い捨てた。温和な彼にもこういう面があるのだから、日頃からもっと気をつけなくちゃと思わされた。彼が部屋のベッドで横になりたくて立ち上がったと言うので、「転ぶと危ないので、いきなり一人で歩き出さずに、職員を呼んでから一緒に部屋へ行きましょうね」と言うと、従順に頷き、いつまでも私の両手を強く握って離さない。とても冷たい手だ。きっと寂しかったのでは……。いくら安全といっても、何時間も椅子に座ったままでいろというのは無理。それは職員の都合というものだ。

本日緊急入所の松井さんは初回利用。「長男に叩かれて痛い、痛い」と激しく訴える。ほとんどショック状態で「長男に叩かれて恥ずかしい」を繰り返す。「おもらししたら弁償させてもらいますから、その時は家に電話をしてください。そして許してください。今までそんなことは一度もなかったのだけれど、ここ数日体が痛いもので。長男に叩かれたのです。今日ここに来る時、〝つまらぬことで電話を借りて長々と家へかけてよこさぬように〟ときつく言われてから来ました。そんなことはしないつもりです」泣くように喋り続ける。興奮がいつまでも止まらないので息も絶え絶えだ。失禁しても弁償しなくていいし、誰も叱らない。毎日たくさんの人たちが失禁しているので、きれいに後始末をさせてもらっている。ここにいる間は誰も叩かないから安心して過ごしてくださいと伝えると、彼はものすごく感動して、私に感謝する。後で彼の調査書を読むと、徘徊を止めるために家人が両脇からぐっと押さえこんだと書いてあった。

井上さんの入浴介助をした時も似たような話を聞かされた。たまたま彼女の両足先に傷があったためにシャワー浴を行っていると、体重が二十七キロだと自慢していたが、やがて、「ここへ来る時、嫁が私のことを〝おまえ〟呼ばわりしたんだよ」と言う。「おまえは何でもダメだから、今度行く所でも迷惑かけて俺の顔を潰してくれるな」と。呆れて同情したのだが、さらに彼女は、脳梗塞で介護していた夫を三年前に亡くしたと続ける。その時はすっかり介護疲れしていて、よっぽど殺してしまおうかと思っていたという。脳をやられた夫を殺すのは簡単だったけれど、「こうして自分も体が不自由になってみると、あの時やらないでおいて良かったと思うよ」とも言った。あんまりあっけらかんと言うので「はあ……」としか応えられなかった。できれば、介護施設を皆さんに上手に利用してもらって、悲惨なケースを少しでも防いでもらいたいものだ。

むっつりタカさんの隣の席で介助をしていると、いきなり「俺とお前と三人で海へ行こう」と言い出した。それがこっそりと秘密の話をもちかけているようで、楽しくて面白かったのだが、「え、三人?」とつっこみを入れる前に、タカさんはまたもとの完璧なむっつりに戻ってしまった。残念。

ヨキさんと席に座ったまま雑談していると、「昔、介護していた母に『今日は起こさないでね』って言ったことがあるんだけど、今思うとあんなこと言わなきゃ良かったと思って……」としみじみと言う。なるほどと感じいっていると、その隣からにぎやかな声がする。「おまえらなあ、〝怒らば笑え〟と先生が言わっしゃったいや」誰ともまともに会話をしないトキさんが大声を上げたので、一同面食らってしまう。

向こうのほうで数人が楽しそうに談笑している。と、中の一人が急にプイと横を向く。

「キムタクなんて、あんたの家に来るはずないでしょう!」

「いや、それがね……」

「あんたの娘、一体何歳なの?」

「〇〇歳」

「じゃ、キムタクは?」

「四十七歳かな?」

「………」

当時のキムタクはもっともっと若い。本気で腹を立てていた人も毒気を抜かれてしまった。

「お父さあん、トミさんここにいますよう」

いきなり素っ頓狂な声がする。

「腹が空いた、ご飯食べたろっか?」

「今、食べました」

「そうだろっか? 今食べても腹が空いた。腹が空いてどうしようもない。遊んでいるのに腹が空いた」

ハナさんの永遠に続く空腹の訴え。ハナさんが入所してすぐに夏祭りがあった。その時は私も入社したてで、右も左もわかっていない時期だった。夏祭りは大盛況だったのに、ハナさん一人だけが「こんげんとこにおらんね」と騒ぎ立てていた。仕方がないので、私は彼女にぴったりとついて昔の話を持ちかけて気をまぎらわし続けていた。ハナさんは九十九歳の立派なお婆さんだ。

大木さんは、武田さんを自分の部下だと思い込んでいる節がある。デイルームの柱の一本を指差し、「これ見ろ」と、武田さんを呼びつける。つられて立ち上がろうとする武田さんを周りの利用者たちが引き止める。するとすかさず、大木さんは「体が悪いんなら、ま、来なくていい」と言う。

二日後の武田さんの入浴日のことだ。私が武田さんを誘って一緒に風呂場まで歩いていると、「おい、(武田さんの)体が弱ってるんだから、あんまり使うなよ」とだいぶ離れた所から大木さんが私に注意をする。

「見かけによらず、配慮の行き届いた管理職だったのかな?」などと余計な詮索をしたくなる。

その大木さんを入浴後の整容で爪切りした時のことだ。彼の爪はとても伸びきっていたのだが、唐突に「ほら、あの背の高いの」と一人の職員を指して、「あれは、だめだなあ……」と言い出した。ひょっとして、大木さんは爪が長すぎて恥ずかしいのをはぐらかしたのかもしれないと思い当たったのは、帰宅してからだった。それにしても、私たち職員は利用者からしっかりと見られている。それを私などは全く忘れて、仕事だけに集中している。恐らく、他の職員もそんなところではないだろうか。

職員の品定めに厳しいのは、何と言ってもウメさん。ウメさんは入所するとすぐに居室のベッドで過ごしたがる。そしてやたらとコールを鳴らす。それくらいなら車椅子でデイルームにいればいいのにと職員は思うのだが、頑としてベッドでテレビを見続けている。頭だけは素晴らしくクリアーで、「ねえ、口紅のいらなくなったかけらでいいから、（持って）ない？」「まゆ墨ない？」「眉毛の上をちょっと剃ってちょうだい」と言っては、「やっぱり女だねえ」と大袈裟に笑って一人悦に入っている。職員はとても一緒に笑う気にはなれないが……。

いくら要求されてもできることとできないことがある。ところがそんなことにはまるでお構いなしで、ウメさんはひたすらコールを繰り返す。終日ベッドの中でテレビを見ながら、時々甘いコーヒーを欲しがる。もともと自分の言い分だけを言って、職員の返事など気にかけていない。彼女のおむつ交換をするたびに「嫌な仕事だねえ、私なら絶対にやらないねえ」と言われる。同情とも蔑みとも取れる、ねちねちとした言い方だ。普通ならおむつ交換をしてもらう利用者は「ありがとう」とか「すいません」とか声をかけてくれるし、たとえ無言でも恥じらいながら感謝していることが感じ取れるのだが、こう堂々と馬鹿にされたのではこちらも返答に困る。だいいち、こちらにはきれいにしてあげようという気持ちしかないし、相手にも必ず喜ばれると信じて行っているので面食らう。彼女は何とも言えない上目遣いで相手を伺う。

ある時、ウメさんは職員の田原ヘルパーを泣かしてやったことがあると得意そうに言った。それがあってから田原ヘルパーの態度が改善されて「良くなった」のだそうだ。言われてみれば、ヒステリックな田原さんの態度がこのごろは落ち着いている。以前は真剣に転職も考えていたと聞く。恐るべし、ウメさん、そこまで観察しているとは……。

コールの多すぎるウメさんには他の職員も音を上げている。まだ新人だった私が急にウメさんの入浴を行うことになり、バタバタしたことがあった。それにもかかわらずウメさんは「あんたの子供や旦那さんは幸せだろう」と上機嫌で言った。「どうしてですか?」と聞くと、私が優しいからだと応える。「え?」。溜息しか出なかった。彼女はさらに続ける。「あんたには〝良くしてやろう〟という気持ちがあるからいいんだ」と。確かに、私はその通りだった。ウメさんには一般的、社会的な〝他の人たちに迷惑をかけず、波風立てずにやってゆこう〟という気持ちが全くなくて、自分の望みだけを中心にした、彼女独特の先入観や決め付けのない曇らない鋭い観察眼があった。歳の功だから誰もかなわない。忙しすぎる職員たちは、ただのうるさくてしつこい、わがままな利用者としか思っていなかったのだけれど。

そんなウメさんの最後はあっけなかった。長年、半身不随で過ごされた方に対しての言い方としては不適切だとは思うのだが、ヘルパーとしてのお付き合いが短すぎて、つい、そう思ってしまう。ある日、入所してくるなり、「実は今朝、(送迎の車に乗るために自宅のベッドから車椅子に移る介助をしてもらっている最中に)落ちたのよ、床に。こんなこと初めて。どうしたんだろう?」としきりに気にしていた。コールで呼ばれて居室に行くと、「なんだか変な気分、とっても妙な感じがするの」と、いつもに似ず、不安げだった。バイタルは全く正常で、係はおむつ交換をいつも通りに行ったが、その次の訪室の時にはもうベッドの中で亡くなっておられた。最後におむつを交換した春日ヘルパーのショックは大変なもので、「あの時は何ともなかったのに……」と震えが止まらない様子だった。

看護師がてきぱきと手配をして、私たちは玄関で最後のお見送りを救急車にした。つい今朝交したばかりのあの会話と、昼すぎのこの見送りとを考えると、人の命のあっけなさを思わずにはいられない。

「痛い、痛い、あんよが痛いよう」

リクライニングの車椅子の上で、右足はだらりと伸びきったままで、左足が直角に硬直して立膝になっているサチさんが叫ぶ。その姿勢のままでしかいられないのだから、さぞかし痛いだろう。「お水ちょうだい、お水、お水が飲みたい!」「助けて、助けて、助けて!」「ぽんぽんが痛い、ぽんぽんが痛い、ぽんぽんが痛い!」ひっきりなしにわめき続ける。水を差し出す。

「おいしい?」

「おいしい、おいしい、おいしい。良かった、良かった、良かった」

とにかく、一息で同じ言葉を三回繰り返すのでせわしない。大きな、色の悪い顔の中で目玉だけがクリクリと切なそうに動く。ベッドに移ると布団を剝ぎ、パジャマを剝ぎ、片足をベッド柵の上に投げ出す。彼女の苦しみが察せられるので、リクライニングの車椅子に乗ったままホールで過ごしている時には、できるだけさすったり、手を握ってやったりしてあげる。とても喜ぶ。彼女はせわしなく立て続けに喋って、話すことがなくなってしまうと、その時耳に入る他人の言葉をオウム返しする。一つの言葉を必ず三回繰り返してワンセットが済むと次の言葉へ移る。

ある日の午後のカンファレンス（職員連絡会議）のことだ。サチさんはたまたま受診に行ったために昼食が遅れて、ホールに残っていた。職員はいつものようにホールの片隅に立ったまま円陣になってひっそりと会議を始め、主任が「それでは風呂リーダーお願いします」と言うと、「それでは風呂リーダーお願いします。それでは風呂リーダーお願いします。それでは風呂リーダーお願いします」と、サチさんが大きな声で叫ぶ。一同大爆笑。

それから数時間して、おむつ交換で居室に入るとサチさんは元気がない。「苦しいの?」と聞くと、「苦しい、苦しい、苦しい」。どぎついほどのはっきりとした返事。「そう、苦しいんだよねえ」と応える私の耳元で、胸の底から大きく息を吸い込み、次に腹の底から搾り出すような切ない息を三回吐き、あえぎ、また吸い込み、吐き出し、そのまま顔を硬直させてくりくりとした目を見開き、口は開けたままで土気色になっていった。呼んでも返事はない。呼吸が止まった。一瞬の出来事だった。

久しぶりに「痛い、馬鹿」のユウさんが入所した。ただでさえ細くて青白い顔がさらに細くとがっている。個室に訪室すると気弱に「死にたい」を繰り返す。前回までのあの強気が全く失くなって、宙に向かって「あや、あや」と呼びかけてやまない。恐る恐る、「どなたですか?」とたずねると、宙にさまよっていた眼を私にまっすぐ向けて、静かで落ち着いた声で「娘です」と応える。そしてまた、私しかいない居室で宙に向かって呼びかける。気の毒になって、「今、どちらにおられるんですか?」と聞くと、「わからないんです。大学へ行って、終わって、そのままわからなくなったんです」寂しそうに応え、日頃はちょっと触れただけでも「痛い!」と騒ぐのに、自ら私の手の上に自分の手をのせる。まるで氷のような冷たさだ。そのまま握るでもなく、私を見つめて、「生きていたくないんです」真剣で素直な目でポツンと言った。私は身じろぎもできなかった。多分、慰めの言葉をつぶやいたとは思うのだが……。もう、彼女には「痛い、馬鹿!」と虚勢を張る元気も残されていないようだった。

コールが鳴ったので行くと、イツさんがいつもの高い声のままベッドで泣いていた。

「お金がないのにこんな所に長居して、どうすればいいんだろう。そりゃあ、多少の金は私にだってあるけれど、それを出したら……心細くて心細くて……」

「そのお金は大事にしまっておいてください。もう、お家の方からお金はいただいてありますから」

と言うと、ようやく収まった。泣かないまでも、たくさんの利用者が支払い金の心配をして気を揉んでいた。帰宅願望の底にはこれも大いに関係している。特に長年地味にやりくりしてきた主婦だった人に多い。

「あと二日で百歳になる」とキクさんが教えてくれた。明治四十年生まれ。

「へえ、とっくに逝ってもいいんだども、生きていたって何の役にも立たねすけ、お世話になるばっかりで……それでもなかなか……兄弟もまだ元気らしい」

本日はなかなか雄弁で、別人のようだ。誕生日の当日は見たこともないほどはりきって、部屋の荷物をまとめていた。入浴を自ら申し込んだら、「順番があるので」と職員に断られ、どうやら本人だけがその日を退所日だと思い込んでいたようだ。とたんに彼女は見る影もなく萎《しお》れていった。

退所日を心待ちにしている人は多い。小野さんに聞かれたので、調べてから「二十三日です」と応えると、突然怒りだした。「何もうぐれて、ほうろくゆうて……」。古臭い言い方すぎて戸惑ったが、怒り心頭に達しているのだけは伝わった。言いながら、彼はだんだん落ち込んでゆく。とっても悲しかったに違いない。こういう様子を記録する場合、「退所日を聞かれたのでお知らせしたら激怒された」だけで終わらせるのは不完全だと思う。小野さんの悲しみに寄り添う余裕がないとしても、勘違いをしてがっかりされたところまで理解して書くべきだろう。

不思議なことに、言葉に出さなくても介護者の気持ちは利用者に伝わって、「ありがとう」とか「悪かったね」という声をよくかけられる。認知症だから何をしても無駄と決め込んでしまうと本当に何をしても無駄になってしまう。ベテランは経験が多いため、おおよその予測をして行動できるが、新人は何もかも不慣れな反面、いろいろと新鮮な感覚で利用者を素直に受け止めることができる。介護現場のベテランの豊富な経験が原動力となっている施設の中で、新人の現場に麻痺していないフレッシュな感覚が現場を明るくしてくれる。お互いに「どうせ……」と諦めきった時に利用者は切なさがより募るのではないだろうか。

ごくたまにだが、送迎の手伝いもした。その時送っていった畑中さんのお宅は立派だった。玄関先にスロープがあり、高い天井はガラス張り。息子さんご夫婦は揃って一段高い床の上に車椅子を用意してきちんと待ち構えておられ、職員に丁寧にお礼を言われる。

「そちらで何か粗相をしませんでしたか?」

硬直している畑中さんに車椅子から立たってもらうには時間がかかる。施設の車椅子から自宅の車椅子に移るのに手間取っていると、職員に申し訳ないと思われたのか、息子さんは「まったく、ちゃんと立ち上がらないんだから、ほんとに。だからこっちも腰を痛めてしまって……」と小言を言い始めた。無事にお引き渡しして別れたが、なかなか言葉の出ない畑中さんがあの先も小言を言われ続けていなければいいのだけれどと心配になった。

施設の居室ではハナさんがひっきりなしに「かあちゃん、かあちゃん」と嫁を呼ぶ。同室のナツさんが「うるせえ奴だ、母ちゃんなんかいねいや」とその都度叱る。一晩中じゃさぞかしうるさかろう。ところが、他の同室の利用者は反応しない。ナツさんが退所して別の人が入所してきた。たまたまおむつ交換に私が入ると、オムツを替える私にハナさんが「かんべ、かんべ、悪いと思うども言わんでいらんねすけ、かんべしてくれ」としきりに謝る。「本当はナツさんの叱る気持ちも判ってはいたのに、謝ることができなかったんだな」と気がついて驚かされた。

一日のほとんどを居室で過ごす利用者も食事、レクリエーション、おやつの時間にはホールへ集まる。一度に席につかせることは難しいので手分けして介助する。そのためホールへの出入り口は一時車椅子利用者の待機場所のようになる。ハナさんがたまたま隣になったサキさんに話しかける。

「ええもちのばあちゃん、ええもちのばあちゃん」

「おら、ええもちのばあちゃんじゃねえ、〇〇のばばだ」

すかさずサキさんが応える。せっかく席につけてもらったナオさんが車椅子を自走させて抜けてくる。

「あんな人の隣は嫌だいね。あの人は嘘ばっかしゆうて……わたしゃ嘘つきは嫌いだ」

別のほうで、すでに席について楽しそうに盛り上がっていた女性四人組が突然言い争いを始めた。四人の中の二人が、男の人の気持ちを納得できなくてもそれなりに受け止めるのか、それとも、自分自身の気持ちのほうを大切にして、受け止めたり我慢をしたりするのをやめるかについて激論を戦わせている。たいしたもので、どこまでいっても埒が明かない。

老いたエネルギーのるつぼ、ショートステイ「はる」はいつも沸騰している。

詩編　老いの風景

——病棟にて——

老女

――お家に帰ろうかな
――それは困る
突然脳梗塞を発症して入院した老女の夫はにこやかに彼女の訴えを拒む
リハビリもある
雇われ家政婦一人がその病室の　介助が必要な入院患者全員の面倒を見ている
ある日　一念発起した家政婦は車椅子を押して
日盛りにその老女を自宅まで散歩に連れ出した
汗だくで着いたシンとして暗いその家の中で　嫁が黙って　とんでもないといわんばかりの目
　で睨んでいた
喜ばせようと思ってやったことが　とんだしっぺ返しを受けてしまった
その日から家政婦の老女に対する態度が一変した
色白で小柄な老女は病室では無駄口一つ利かないのだが

意地悪姑の悪名が高いと
家政婦は声高に言いふらし　嘲り　冷たく当たる
まるで自分にはそうする権利があると言わんばかりだ
すっかり悪人に仕立て上げられた老女は
身の置き所がない
病室に人の気配がなくなると
寂しそうに溜息をつく

それからまもなく介護保険制度が敷かれて
家政婦の出番はなくなったのだが
今は昔の　考えられないような出来事

セツさん

——あのねえ　いいことを教えてあげようか？
セツさんは　歌詞を見ずに三番まで　高く美しい声で間違うことなく歌う　朗らかなお婆さん
勿体ぶって私を見つめる
——南無《なむ》妙法蓮華経《みょうほうれんげきょう》　獅子をも砕く
って言うんだよ
——はあ？
——意味はね
どんなに困った時でも
南無妙法蓮華経って言いさえすれば
物凄い力が発揮されて
大丈夫になるの
——え？
——本当だよ　あんたも言ってごらん

私はねえ　夫が弱くて子供を育てるのにえらい苦労をしたの
男に交ざって男と同じ仕事をして　負けずに踏ん張ったね
そうやって夫の面倒を最後まで見てやって　本当に大変だった
でも　今となってみれば
　あの時諦めずにやってあげて　良かった
満足そうに笑うセツさん
ショートステイに来てはみんなと合唱を楽しんでいた

それから月日は流れて　私は別の病院で看護助手をしていた
ある日入院してきた人の枕元に　見慣れた赤い皮の巾着袋《きんちゃくぶくろ》があった
その人は日に日に衰弱し
酸素マスクをつけるようになった
マスクの下でしきりに口を動かしている
近寄ってみると
全身を波打たせて　喘ぎながら　声にならぬ息を吐いている
その体に耳を寄せると
――南無妙法蓮華経　南無妙法蓮華経……

私は思わず立ち尽くす
――セツさん、もういいんだよ
思い切って名前を呼んでみる
南無妙法蓮華経は止まらない
壮絶なセツさんの最後の戦い
　ああセツさん
　本当にもう
　そこまで戦わなくてもいいのに……

セツさん
最後まで諦めない　勇敢な人

弱き者

――川崎さん、危ない！　おめさん何で……
朝の開口一番がこの台詞
〝おはようございますではない〟
仕事も終わりに近づくと　いらいらが頂点に達し　呆れたことに
――こんなことしたくない　早く帰りたい
とまで言う
これらの不平不満は患者にぶつけられ
仕事を憎み
患者を憎み
同僚や上司を憎み
毎日の家庭生活を苦にして
結局は　自分自身を呪っている
自分自身が最大の被害者で

じゃ、加害者は？
患者？
まさか……

互いに嘆きあい　憤慨しあい
陰ではこっそりその互い同士が罵り合って
知らず知らずに腐ってゆく
平気で行き交う恥知らずな言葉たちが
皆の心の平安を蹴散らし
毎日のかすかな楽しみまで奪う

いくらばら色のペンキを塗りたくっても
汚されたカンバスは黒ずむばかりだ

どうもありがとう

病院のベッドに両手を縛られて
つなぎの服を着せられ
骨と皮ばかりになった老人たちが
毎日無駄口一つきかずに
食べさせられては眠っている

おむつを替え終わってほどいた紐をまたベッドにくる私に
その人は低いはっきりとした声で言う
――どうもありがとう
すかさず隣のベッドで別の患者のおむつ替えをしていたヘルパーが口を挟む
――いいねえ
　私なんて「ありがとう」って言われたこともない
――ねえ、言ってよ私にも「ありがとう」って

勿論　老人はそれっきり口をきつく結んで開こうとしない

ヘルパーたちはてんでに言いたい放題を言いながら
この不愉快極まりない仕事を荒っぽくやってゆく
その老人はおむつを替えようとすると
膝をきつくすぼめてしまうので
皆は彼を底意地が悪いと決め付けている
その人のおむつを替える時は
彼の枕元でひとしきり悪口雑言を言ってから
二人がかりの力づくで膝を開かせる
それぞれの力のやりとりに最後は彼が負けて　ようやくオムツの交換が終わると
——この　馬鹿女が！
必ず彼の叱責が飛ぶ
そうするとまたヘルパーが悪口で応酬する
日に何度も繰り返される光景

新人の私は学校で教わったように　まずおむつを替えさせてもらう前に声をかける

普通にやってるつもりだが　ベテランに比べて丁寧で手間取る
終わりましたと告げると
必ず「どうもありがとう」と律儀に言ってくれる

食事の介助の時もそうだ
ごく普通に介助しているつもりでも
――いやあ　馬鹿うまかった！
いつもと変わらぬ食事なのに嬉しそうだ

戦争の時には偉い軍人だったと　誰かが言っていたけれど
彼は誠に凜とした
優しい人であったことだろう

もう……

——もう死んでもいいのか？
病室に入るなり静かにフサさんが聞いてくる
両手をベッドにくくりつけられたまま腰を浮かせている
病室にいた看護師と私は思わず目を見合わせる
——もう死んでしまおうか？
さらりと口にするフサさん
青白い顔につまらなそうな目がふたつ
彼女のおむつの中に尿管が差し込まれているので
それを引き抜いてしまわないためにミトンの手袋をつけられ
手袋のまま紐でベッドにゆわえられている
彼女は入浴以外はベッドの上
入院しているので健康管理は行き届いている
唇をきりきりと真横に引いて　勝気そうに

溜め込んだ息をへの字の唇の端から少しずつ吐く
暗く沈む賢そうな目

ごくたまに
——ああ、死んでしまいなせえ
と言う不届きな看護師がいるのだが
その人以外の職員はさりげなく聞き流す

——そんげんかんたんに死なんねえんだいね
優しく宥《なだ》める看護師もいる
——そら?
——そらこてね
——そうせばどうしたらいい?
——どうしようもねえんだいね
果たして慰めになっているとも思えない
への字の口からまたやるせない溜息が漏れる

布団

ハマさんはオムツを替えてもらっているあいだじゅう「ごめんね」を繰り返す
——そんなに言わなくてもいいのに
——だってはったかれるんだよ　ウンチすると
——ええ？
——うん　ごめんね　出てた？　汚れてた？
判らないのよ　ごめんね
——はい　終わりましたよ
——ありがとう　あ　布団も掛けて
——はい判りました　これでいいですか？
そこへ先輩ヘルパーがつかつかと入ってくる
——ハマさん自分で掛けられるでしょう？
　自分でやらないとできなくなるよ！
ハマさんを叱るとくるりと私に向かう

——できる人には自分でやらせないとダメですよ
だいいち　できる人の世話ばかりしていたら仕事が回らなくなってしまいます
忙しいんだから！

忙しいとは心を亡くすと書くそうだが
先輩の心ははじめから持ち合わせがないようだ
おむつ交換が終わったばかりのすっきりとしたハマさんの笑顔が
悲しそうな叱られた子供のようになり
そのまま深く布団の中にもぐっていった
布団を掛けるというたったそれだけのことで
喜びと悲しみの天地が別れた

あんぱんまん

――おおい　腹減ったぞう　飯くれー
のんびりとした大きな声で太田さんは叫ぶ
いつも空腹を訴えるので　娘さんは面会のたびにあんぱんを持って来る
それで誰言うともなく　あんぱんまん
病室から食事のために車椅子に移されてホールにやってくると
たまたま入院してまだ日が浅い　ヨシさんと隣合わせになった
いつもの調子で「おおい」と始めると
たまりかねたヨシさんが咎める
――黙らっしぇえ　うるせえ
でも　遠吠えをしている太田さんの耳にはまるで届かない
――腹減ったぞう
歌うようにいつもの調子でやっている
――そんげんことばっか言うもんでねえ

少しは黙ってるもんだ
――腹減ったぞう
――黙らっしぇてばあ
太田さんの空腹節に慣れっこになっていた職員たちは　新鮮な展開に目を見張る
二人のかけあいはしつこく続いて終わることがない
そして突然
――頼むから俺に構わんでくれー
――構わんでなんかおけるかいね
一同爆笑
――こりゃあいいや　ヘルパーの言いたいことみんなヨシさんが言ってくれて
――この二人　いつも一緒にしておくといいね
職員もおもしろがる
――助けてくれー　ほっといてくれー
空腹以外の言葉を言ったことのない太田さんが　のんびりとした悲鳴を上げる
ホール中が腹を抱えて笑う
その時ようやくホールの扉が開いて
配膳車がやってきた

——グループホームにて——

残月

朝空の青さに透ける欠けた月は
夕べは赤く大きくひしゃげてた
窓ガラス越しにその月を眺めて明かした老婆に
さあ　おはようと　声をかけよう

窓

五月八日快晴
レクリエーションをしたくないと　部屋に残って出てこない志位さんは
眼鏡をかけたままで布団の中
――どこへも行きたくなあい
　何にもしたくないのよ
のんびりと応える
昼なおきっちりと閉まった窓のカーテン
その外では他の入居者が職員と畑仕事中
――あら　外で誰かが何かしていますよ
――え　何だろう
――ほらほら
カーテンを開けると部屋中に陽光が広がる
彼女はベッドから起きだして窓際までやってくる

――まあ　何をしているんだろう
窓を開けて声をかけると　しゃがんで作業していた二人が振り返り　芋を植えていると言う
――おお　寒い
五月の風が入り込んで　志位さんは大袈裟に身震いする
彼女はとっても寒がりだ
窓を閉めると語りだした
――私も昔はやったよ
　農家じゃなかったけれど近所の人に聞いてね
　今はやらないけど　できるのが待ち遠しくてね
暑いほどの窓際でおしゃべりが続く
――あらあ　あの藤　きれいですねえ
――ほんとだ　見事だねえ
この間の冬に　高い木の上に何かがあると彼女が言い出し
二人で頭をひねった揚げ句　鳥の巣だとわかった
――このお部屋は良い所にありますねえ　特等室ですね
――そうなの　私の部屋がここで一番良いの
――そうですよねえ

さあそろそろ向こうへ行きましょうか
――何があるの？
――お茶が入る頃です　おやつもありますよ
――あら　そう　じゃ行きましょうか
二人はようやく暖かすぎる窓から離れる

こほん

耳の穴に綿棒を入れて掃除を始めると
必ず　乾いた咳がひとつ
　こほん
それがおもしろくて　耳掃除をしてあげながらその瞬間を待つ
ぽろぽろと乾いた耳垢
湿ってねちねちとしたもの
がちがちに固まったままのもの
固まったまま巨大化して耳からはみだして盛り上がっているものさえある
――いじらないでよ
――痛いよう　しなくていいよう
――ああ、良い気持ち
宥めながらゆっくりこそげてゆくと
こほん

皆が同じように　咳をする

先生

初めてのグループホーム(注)で　はじめましての〝先生〟
立ち姿は威風堂々
赤ら顔でずんぐりとして　昔は筋肉質
同じユニットの入居者ナオさんは　彼を尊重して下にもおかない
しかし　どんなに敬意を払われても　ナオさんなんざにゃ目もくれない先生
ほとんど誰とも喋らない
彼はトイレの場所が判らない
至る所で放尿をする
エレベーター脇や休憩室のドアの脇が黄色くなっているので聞くと
先生の所業
ある時は飲み残しのコーヒーを壁際に捨てていた
他の施設で飲み残しのお茶を床にまいていた人を見かけたこともあるけれど……
事務室に入り込んで　そこにあるあらゆるものを手に取ってみる

皿に盛りつけたままカウンターに並べた料理を黙ってつまむ
実に堂々としている
うるさく喋らないのでとても静かなのだが
油断がならない

初出勤からわずか数日目の私に　先生は黙ってノートを差し出した
開いてみたが慌てて閉じた
「ずっと好きだった　前から好きだった」
渡した本人は平気の平左
訳もわからずドギマギして
誰にも言わずそのままにしておくと
次の日にもまた別のノートをくれる
なんと　事務室にあるノートを勝手に持ち出して使っている

私が調理場に入って調理をしているあいだじゅう
カウンター越しに立ってながめている
足腰はすこぶる頑強

つまみ食いを注意すると
部屋から柿の種の小袋を持ち出してきて
自慢げに見せてにっこり笑い　立ったままでポリポリと食べ始める
家族の差し入れは柿の種
酒豪で短気
家庭内暴力も？　と看護師は邪推する
私が調理場から出てこないのにしびれを切らして
――おい　行くぞ
と声をかける
――え　どこへ？
どうやら奥さんと勘違いしているらしい
別の若いおかっぱ頭の職員のことは　生徒だと思っていて
すっかり出来の悪い生徒に対する口の聞き方をしている
ある時　入浴介助用の半ズボン姿でいると
――大根足
と露骨に笑う

しかし　命令口調をする職員には怒りをあらわにする
人間の好き嫌いがはっきりしていて　先生を苦手な職員も多い
当然そういう職員を先生は嫌う
一体　どっちが先なのだろう
歩行はとても立派だが　尿意・便意がなくて
リハパン（リハビリパンツ）の中はいつも失禁中

最近入りたての阿部職員はとても勉強熱心だ
彼の尊敬する人の著書では
毎朝朝食の後で習慣的に便座に座ることが重要とある
実は先生　長く便座に座っていられない
せっかくトイレに誘導して座ってもらっても
瞬時に立ち上がってしまう
私たちはそれで諦めていたのだが
阿部職員は上から押さえ付けて座ったままにさせようとする
先生は嫌がって立とうとして怒る
見かねた他の職員が施設長に言いつける

施設長が指導しても阿部職員は自説を曲げない
その本の著者は阿部さんの神様だ
そうこうするうちに阿部さんは出勤してこなくなった
困った施設長が　私に　何とか先生を便座で排便するようにやってみてくれと頼んでくる
無理とは思いながらも　根気よくチャレンジしてみると
ある日　先生は便座に座って排便した！
やってみるものだ
私たちがすっかり諦めてやろうとしなかったことを　阿部さんが気づかせてくれた

しかし
介護は連携しながら行うものだ
その人をよくアセスメントして
必要な支援を絞り込んで
そのプランに従って皆で協調しながら支援する
どんなに素晴らしい介助方法であっても
スタンドプレーでは成果が得られない
たとえ素晴らしい成果を得たとしても

介助される本人にとって安楽でなければ意味がない
介助する意味を　利用者本人のためにしっかりと紐づけないと　何の意味もない介護になってしまう
また　介護方法についても「絶対に」などと言い切ることなどできないと思う
よくできた介護の本で　たくさんの有効な支援方法を指導する人には　その情熱と真摯な生き方に敬意を払う
その人たちはより上質な介護を求めてやまない
現場の私たちも同じ気持ちでいるからその本を必要としている
同じ気持ちなのにうまくゆかなかったのはどうしてだろう

介護を受ける人を最も観察できるのは現場の私たちで
そのやり方が受け手に合っているかどうかの判断をつけられるのも私たちだ
本はたくさんの成功体験の中からその方法が導き出されているけれど
百パーセントの成功はないだろう
やってみたけれど　どうもうまくゆかない
そう感じたら　自分の頭でよく考えて
そこからスタートしなければならない

経験の少ない私が偉そうなことを言えないが
私が介助するのは私の目の前の人
本の中の人じゃない
だから　決め付けをしないで
その瞬間のその人を感じるように集中する
今　目の前にいる人は昨日のその人とは違う
私たち自身も毎日変わっている筈だし……
私はそのように思った

毎朝食後に先生を無理やり便座に押さえ付けたりせずに
排便がはじまりそうな時に　長く便座に座る工夫をした
便器の中の排便のほうが　リハパンの中の便失禁よりも快適だと　先生に体験してもらいたかった
見事トイレの便器の中に排便をして
私も先生も共に喜んだ
阿部さんにも知らせてやった
元を正せば阿部さんのお手柄だ

私は他の職員がすっかり見慣れて見逃している
壁のあの黄色いしみもコーヒーのしみも
コツコツと時間をかけて落としてしまった

先生は定期的に家族に連れられて歯医者へ通う
戻ってくると彼の歯はピッカピカ
わざわざ大きく口を開けて見せてくれる
——俺と教頭の二人だけが虫歯ゼロなんだ
自慢げに笑う
彼の声はとても小さい

先生は突然不機嫌になって怒鳴ることがある
それがだんだん頻繁になってきた
怒り方も激しくなって　他の入居者が脅えるようになった
受診をすると薬が処方され
服薬が始まってすぐに　あんなにあった食欲が全くなくなった

声を出さなくなり
表情がなくなり
歩けなくなった
看護師は慌てて服薬を中止したが
元には戻らなかった
やがて先生は別の施設へ移って行った

何日かたって　私は面会に行った
できたばかりの美しい立派な建物の広めの部屋の中央に　ベッドが一つだけ置いてあり
先生は一人でポツンとベッドに横になっていた
話しかけても反応がない
もう私がわからないらしい
諦めて　お暇を告げて立ち去ろうとすると
——勉強しろよ
後ろから声をかけてくれた
あの　かすれた小さい声で
驚いて振り返る

——はい！

（注）**グループホーム**……認知症対応型老人介護入所施設。九人ずつが介助を受けながら共同生活をする。通常一つの建物に2ユニット（十八人）が多い。

ヒトミさん

明るくてシャキシャキしている
人当たりの良い笑顔でシャカシャカとせわしなく歩く
――私は家に仕事がある
　こんな所でこんなことをしてはいられない
　うちの人の面倒を見なければならない
　レジをすっかりそのままにしてきて
　私がいなくちゃどうにもならないのに……
ヒトミさんは子供たちに電話をかけて　最後に必ず罵倒する
帰宅願望が強い人は多く　いつまでたってもそれがなくならない
そんなヒトミさんの平穏な時は素晴らしい
お世辞たっぷりのなめらかな口調で　職員や他の入居者をやたらと褒める
自身も良い気分で得意の村芝居のくだりを朗々とやる
自営の洋服屋でたくさんの服を売りさばいた

努力家で社交的
口八丁手八丁
周りを明るく楽しい気分にさせる
——私はどうすればいい?
——こうするのか?
——ああするのか?
——よしよし　そうかそうか……
一つやるたびに聞いてくる

ところが
日に何度か不穏スイッチが入る
看護師はそのたびに安定剤を飲ませて落ち着くまで見守る
しかしそれも　上手くいったり　いかなかったり
ヒトミさんの入浴は必ず大騒動
身に付けていた服をまた着ようとするが　洗わずに同じ服ばかりを着させられない
そして必ず　指輪やネックレスがなくなったと怒鳴る
——ここには泥棒がいる!

それらは家族が持ち帰っている
いくら説明をしても彼女は取り合わない
施設中がたちまち険悪な雰囲気になる

ある時　ヒトミさんが穏やかになるのを待って
トシさんが優しく話しかけた
――あんたはさっき職員に大迷惑をかけたんだよ　謝らなきゃね
――私が何したてかね？
――何したも何も……大きな声出して騒いだねっか
――はあ？
ヒトミさんはまるで覚えていない
トシさんは日頃から　職員に迷惑をかけないように冷静で気丈にすごしている
自分のしたことを逐一知らされたヒトミさん
――そうせば（それが本当なら）私なんかここにいらんねねっか！
顔色を変えて怒り出した

認知症の人同士のやりとりはちぐはぐでかみあわない

逆にそれくらいでちょうど良い
ところが　軽症同士となるとややこしい

すっかり逆上したヒトミさんを私は外へ連れ出す
場所が変わっても彼女の興奮は収まらない
――あんなことまで言われて……
ヒトミさんは怒りに全身を震わせている
トシさんは意地悪をしたのではない
親切心から言ったのだが
真実であればあるほど　ヒトミさんの立場がなくなる
認知症対応型の施設に入所しているのだから　両者ともそんなことを気にせずにと言いたいと
　ころなのだが……

慰めながら公園まで歩く
公園に着くと
――かんべ　あんたには悪いことしちゃったね
　でも……

私に何回も謝る
この人はわかっている（どこまで？）
わかっていてもできないジレンマ
それを自覚できる人はつらかろう
そう思った私の心が彼女に通じるらしい
ようやく施設に戻り　事務室で二人だけの遅い昼食をとった
やがて彼女の怒りが収まると　私に感謝だけを言うようになった
ヒトミさんは元のユニットへ戻り
トシさんも二度とヒトミさんに忠告をしない
忘れることの素晴らしさ

ヒトミさんはトイレに行くたびに　トイレットペーパーを丸めてズボンのポケットにしまいこむ
それを部屋の衣装ケースやベッドの下に隠す
衣装ケースは紙でいっぱい
ある日
――これあんたにあげようか？

ヒトミさんがポケットから大事そうに　丸めたトイレットペーパーのひとかたまりを差し出す
毎日繰り広げられる職員とのトイレットペーパー戦争
家族は面会のたびにトイレットペーパーを補充し　部屋で花札などをして一緒に楽しい時間を
　過ごしてから帰る
それにもかかわらず彼女は怒りの電話を頻繁にかけ　答えに窮した子供は電話を切る
ヒトミさんの怒りには打つ手がない
リンゴ狩りが家族の恒例の行事らしく　子供らと出かけて楽しんで戻ってきた
ところが翌年　施設を出発するとしばらくして戻ってきた
ヒトミさんが車の中で　施設にもう戻れなくなってしまうと騒ぎ出して
とうとう　途中で引き返してきたと言う

夜　ヒトミさんはそわそわとユニット中を歩き回る
時には　自分の部屋に見知らぬ男たちが入ってきたなどとも言う
やがて自宅のご主人が亡くなり
ご主人の話題がいつしか消えていった
私は異動で新設の施設へ移ることとなった

しばらくして
病院受診の付き添いで　ヒトミさんとばったり出会った
車椅子に乗せられた彼女は　ぼうっと焦点の定まらない表情でいた
もう　私のこともわからない
短くて急な時の流れ
老人の時間を止まっているようにしか感じていなかった　あの頃
実はかけがえのない一瞬一瞬を一緒させてもらっていたのだ

心のしなやかさや強靱さ
誰でもが持てるわけではないエグイ何か
一人一人がくっきりとこの世に残してゆく　別々のあと味
教えて教えられるものではなく
貧弱な人生からでは身につけることのかなわないモノ
それらを老人たちはまざまざと私たちに見せ付けてくれる

トシさん

昔　看護師だったトシさん
今でもヘルパーとは同僚だと思っている
しっかり者で　他人に迷惑をかけまいと心がけ
特に職員に気を使う

実はトシさん　虐待を受けて緊急入所してきた
だから　認知症ではないかもしれない
娘一家と同居を始めたところ
孫娘がある日　トシさんの首を絞めた
入所するなり　トシさんはその時のショックを盛んに語った
それも日が増してくるとようやく落ち着いた
あまりに非日常な体験は　自分が受けた衝撃をそのまま相手には伝えられない
そういうことが判る賢さもあるようだ

トシさんの下半身は利かず　車椅子を頼りにしている
トイレまで車椅子を自走させ
トイレのバーをつかみ　一人で器用に用を足す
畑仕事も大好きで　尻をついたまま腕の力で移動して　草をきれいにむしる
その姿を見た人は驚くだろう
だが　本人は全く意に介していない
仕事熱心で　やり出したら止まらない
強い根性を感じる
勝気とは全く違う
ほとんど自己主張をしない
家庭でもそんな調子でやっていたのだろうか
健常者から見ると　なりふり構わない様子だが　本人としては当たり前の日常動作
細々《こまごま》とていねいに倹約に努めて暮らしていた
いろいろなことが孫娘の神経に障ったのかもしれない

努力に努力を重ねて施設でも極力自律的に過ごしていたのだが
次第に体力が衰え　トイレも上手くゆかなくなった

それでも職員の介助を嫌がり　自分でやろうと頑張る
トシさん　気持ちは判るが　不衛生になる

やがて入院となり　退院してからは見る影もなくなった
私が　あいだみつをの本を差し出すと　目を輝かせて頭の上へおしいただき
弱々しくなった声をそれでも強くして礼を言う
すっかり部屋にこもりがちだが
本を胸に抱いて静かに読んでいる
自分への応援歌として心に刻んでいるそうだ
あんなにはつらつと生きていたトシさんが　弱ってゆくのを見るのは堪らない
それでも　自分を見失うまいと懸命に生きるトシさん
全く　トシさんの頑張りには頭が下がる

タメさん

緊急入所してきたタメさん
小柄ながらむっちりと太っている
片足が不自由で車椅子を使用している
暗い顔をさらに暗くして聞き取れないほどの小さな声でつぶやく
――私ねえ　死のうと思ったの
――え、どうしてですか？
――生きていたって　どうせ何もできないから
言葉は途切れて涙だけが落ちる
タメさんは自宅で家族と暮らしていて虐待を受けた
娘婿は「こうやってここに首を入れれば死ねるよ」とまで言ったとか……
すっかり畏縮して　この世のどこにも居場所がない風情
一人で部屋のベッドの中で本を読んでいる
常に人気のない所で泣いている

鬱だという
特に家人が病院へ定期受診をさせた日は必ず部屋で泣いている
それでも時がたつにつれて言葉数が増え　気分もほぐれてきた
外へ嫁いだ娘たちも賑やかに面会してくれるようになった
帰宅願望者が朝から晩まで同じ言葉を繰り返す施設の中にいて
タメさんはひっそりと自分の思いに浸っていた

月日は過ぎてタメさんの声はスムーズに出るようになった
思っていることもはっきりと言うし
冗談を言って笑う
辛辣なことも言い出した
認知症の人たちの集団生活だからいろいろとおかしな場面も多い
それに対してタメさんは手厳しい
タメさんの印象が変わってきた
本来のタメさんはとても厳格な人だったのかもしれない
いろいろな困難によく耐えて働き
周りの人たちにも厳しく接していたのかも……

彼女は施設の中でトンチンカンをしている人を責め　嫌悪する

人間というのは
弱者の立場のままでは耐えられないし
かといって　自然な好悪の感情を隠すこともできない

困っている人を見れば助けて支えてあげたいと思うし
いずれ支えてもらわねばならない時もまたやってくる
それだけは確実に　誰にでも

脱ぐ

大柄なヨノさんはとっても朗らか
おもしろおかしそうに目をくりくりとさせて
まるでお婆さんになってしまった女子高生みたいだ
芸能界通でテレビが大好き
気の合う人と一日中談笑している
月日が進むうちに話し相手がいなくなり
歩行が難しくなり　ぼんやりと過ごすことが増えた
やがて車椅子の世話となる

ある日　おおぜいの面前でいきなり着ている服を脱ぎだした
とても肉感的なヨノさん
職員は慌てて制止する
しかしすぐにまた脱いでしまう

脱ぐ　着せられる　脱ぐ　着せられる
どんどん職員の手には負えなくなる

その頃〝ユマニチュード(注)〟の方法が広まってきた
私は休憩に入る時に　ある職員に言い聞かされているヨノさんに声をかける
――私と一緒に行きましょうか？
その職員が抗議する
――私がせっかくわざわざ腰を下ろして　ヨノさんと目と目を合わせて言い含めているのに
　それじゃ私の立場がまるっきりなくなる！
――それは　どうもすまないことを……
その人は真剣だった
私はうっかりしていた
だが「目線を合わせて言い聞かせる」　のがユマニチュードではない
合わせた次にやることはヨノさんの脱ぎたい気持ちの聞き取りだ　説教じゃない
ヨノさんが脱ぎたい気持ちをうまく言葉にできるかどうか……
そんなヨノさんを息苦しさから解放してやり
その職員の手間を省いてあげようと軽い気持ちでやったことが

職員のプライドを傷つけてしまった
これまで医者や薬とは全く縁のなかったヨノさんも
とうとう病院通いをすることになった

（注）ユマニチュード……「人間らしさを取り戻す」という意味をもつフランス語の造語で、フランス人が考案した、相手の心に寄り添うケアを総称していう。「その人の能力を奪わない」ことを大事にし、本人ができることのサポートを行うことを推奨している。

大友さん

ご老体ながらがっしりと大柄な大友さん
工務店を経営していた
ある時側溝にはまって大怪我をした
その時の記憶はないと言う
その後入院したり他の施設を利用したりしていたのだが
やがて　本人には内緒のままこのグループホームに連れてこられた
怒り心頭だ
家族は身を縮めるようにして父親を置いていったが
大友さんの怒りは旋風となり
家族も職員もしばらくは右往左往
それがようやく収まると　彼の歩行は急激に改善した
杖をつきながらの散歩が大好きで
付き添うと太い声で明瞭によく喋り　青年時代の戦争の思い出話などをしてくれる

愛妻家らしく　亡妻を「お母さんお母さん」とよく話題にする
日頃は職員や入居者をよく観察している
私には丁寧な言葉遣いをしてくれるが　自分に失礼な言動をする職員は許さない
ところが　本人は認知症が重い他の入居者を露骨に馬鹿にする
たまたま　彼が昔世話をしてあげた人が入所していた
その人は親しげに挨拶をするものの　大友さんが望むほど丁寧な感謝の言葉を言わない
その人の息子が面会に来た時も　丁重な挨拶を受けなかった
——あんなに世話をしてやったのに……
相手にも聞こえる声で言う
その入居者は穏やかで　とても施設に馴染んでいたのに　やがて他の施設へと移っていった
大友さんの相手になれる人がいないまま　大友さんなりの生活が続いた
ある日　重い認知症の女性が入所してきた
ユニットはたちまちてんやわんやになる
大友さんはその人をわざわざからかっては興奮させる
彼にとってはこのグループホームは退屈らしい
私は異動があって一年半そこを離れた

またそこへ戻ると
――おや　いい人が来た
大友さんがポツリと言った
彼はすっかり孤立していた
以前のように堂々としていない
職員が冷たい目で彼を見ている
誰彼に意地悪をして認知症を悪化させたなどと　陰口を利かれている
職員に総スカンをくらっては　さすがの大友さんも元気がなくなるわけだ
気の毒で見ていられない
何もかも入居者のせいにして済ます職員たちももってのほかだ
そういう決め付けをしてしまうと　あらゆるアプローチの可能性が閉ざされる
できないなりにいろいろやってみるから　道が開かれるというのに……
レベルがグループホームに合っていないというのなら　合った所へ移るべきなのだが
なかなか行く先がない

そのうち　大友さんはあっと言う間に体調を崩して入院をしてしまった
入院は長引き　とうとうグループホームを退所となった

しばらくすると　退院したのでまた戻りたいと言ってくる
あれほど嫌な目に遭ったのに……
哀れを感じて溜息が出てしまう

この空の下

仕事を終えてから　皆さんに挨拶を済ませ　事務室でコピーをしていると
――お願いします　お願いします
　誰かいないの？
　お父ちゃーん！
全盲のトミさんがあいも変わらず大きな声で居室から呼んでいる
この頃のトミさんは　デイルームで席に座っている時でさえ　絶え間なく呼び続け　職員たち
　は対応に苦慮していた
――何ですか？
駆けつけた職員の不機嫌な声
――「お願いしますお願いします」ったって……
もう一人の若い職員
――もうご飯だからトイレへ行きますよ
――そんなん言うんだったらいいよ

トミさんはへそを曲げる

――じゃあここにいてください！

二人はトミさんを置いたまま行ってしまったらしい

しばらくすると

――どうしたんですかあ！

職員の悲鳴

――どうしたって……どうしたの？

キョトンとしたトミさんの声

――床に腰なんかついて……

憤懣やるかたない職員

――わからんよ

――立てないくせにどうして……

ほら　立ってくださいよ

――痛いよ！

――立たなくちゃしょうがないでしょうが……

――嫌だよ　何するの　わあん！

――じゃ　勝手にしてください！

堪りかねた私がコピーをやめて見にゆくと
一人の職員がプイと部屋を出てゆく
床には　ベッドから立ち上がって歩き出し　そのままくずおれたトミさんがぺったりと尻餅を
　ついている
トミさんは大柄だ　それに視力がない暗闇の住人
万事休すと言いたいところだが……
——どうする　ベッドに戻す？
私は残って立ち尽くすもう一人の職員に声をかける
——いいえ　夕食に連れて行きます
私たちは左右に分かれてトミさんの脇につく
私はできる限り優しく話しかける
——トミさあん　どうしたの　大丈夫？
——はい　大丈夫です
打って変わった可愛らしいトミさんの返事
——良かった　じゃあ　立てるかなあ？
——はい……いや　わからん……
——お手伝いするから大丈夫　立てるよ

――そうかね？
――膝を立てられるかな？　そう　しっかりとね
体を前の方に傾けますよ
これから一緒に腰を上げます
頑張ってふんばってね
いち、にのさん　はい立って
三人が力を一つにしてようやく彼女は立ち上がることができ　そのまま食堂へ導かれて行った
私は残りのコピーを済ませてから　帰りの挨拶のやり直しを皆さんにして　施設を後にした

車でしばらく走り　信号で止まる
こんもりと鎮まった山脈の上に大きな糸月があった
淡く明るいうす雲が月の周りに棚引いている
細月が金色に光る
離れた金星がまたたく
暗い山々　沈黙の木々
闇に溶け込む寸前の青と藍の空のひととき
夜への前奏曲が奏でられている

希望でも　絶望でもない
静寂と安らぎ
見とれる間もなく信号は変わる
私は加速して夜へと走りだす
そう
この空の下で
私たちは生きている

小林先生《さん》

元教師の小林先生《さん》はほっそりとした長身
車椅子を使用していて　体操をする時だけは降りて立つ
危なくて見ていられないが　いくらお願いをしても車椅子に座ろうとしない
何事にも前向き　積極的　きちんと集団のルールに従う
たまに　静かで穏やかな笑顔の奥様が面会に来られる
彼女の笑顔は何を言われても崩れない
実は小林先生《さん》　かなりの亭主関白
その上極度の寒がり
いろいろと注文が多い
ベッドに移るたびに職員にあれこれ言いつける
その通りにやらずにそそくさと済ますと
必ずコールでまた呼ばれる
頭がクリアーな人ほど手間がかかるというわけで

彼は長年そうやって過ごしてきたのであろう
時間がかかっても彼の要望通りにやってあげるか
躾のし直し的態度で臨むか
構わず短気にさっさとやってしまうか
皆が皆いろいろなやり方で対応をしていた

篠田職員は話し方がとてもゆっくりとしている
それを小林先生《さん》は「幼稚語」と非難する
二人の間は険悪になる
篠田職員が体操のかけ声を「左・右」とかけると
「右が最初だ」とすかさず注意する
彼女は構わず「はい左・右」と続ける
小林先生《さん》は他の職員に
――ほら、あの幼稚語を話す職員……
と聞こえよがしに非難するが
篠田さんはムスッとした態度で無視をする
どっちを注意しても無駄

小林先生《さん》が儀式のような床に入る習慣をやめないのと同様
篠田さんの話し方、号令のかけ方も変わらない
小林先生《さん》は寒くて堪らないので細々《こまごま》と暖かくしてもらっているのだし
篠田さんの話し方は　長年の努力の結果が今の話し方になっている
とはいうものの　入居者に対する態度の面からいえば
篠田職員にはより一層の優しさと思いやりが望まれるのだが……

優しさと思いやりはどこからやってくるのだろう
小林先生《さん》のように　はなから否定的な態度に出られると　そういう気持ちは湧いてこない
認知症の人も　まだそうではない人も
結局は感情に支配をされている

二人は朝から晩まですったもんだを繰り返している

戦い

——ねえちゃあん
　ヤスさんの人懐っこい笑顔に呼ばれて顔をさしだすと
いきなり両手で私の顔を挟んで　ピシャリ
——いたっ……
——えへへへへ
油断がならない
——俺　何でもやるすけ持ってこらっしぇ
彼女はテーブルに積まれた洗濯物をたたみ終えていた
——ねえちゃんが一番いい　いいねえちゃんだ
明るく気さくに笑う
さてヤスさんに今度は何をしてもらおうかと私は仕事を探しにゆく

そして数日後

ヤスさんはあれよあれよと言う間に元気がなくなり
とうとう入院してしまった

一か月後
見舞いにゆくと　体のあちこちに管や針が施されていた
血の気のない丸顔はまるで別人で　思わず枕元の名札を確かめる
いくら呼びかけても何の反応もない
何度目かにかすかにぴくりと動いたような気がして
――聞こえる？
――うん
目は閉じたまま息だけで応える
そうか　聞こえているのか……
――たいへんだね
――うん
短い呼吸のような返事
素直で
恨み・つらみ・嘆き・諦めの何も持たない

……見事な……返事
私は言葉につまる
(偉いなあ　何もかも受け入れているんだ)
体は指一本動かさないが
一刻一刻を命に繋げている
静かで目には見えない激しい戦《いくさ》で

トモヨさん

両目はショートカットの髪の中
痩せこけた少女のようなトモヨさん
パーキンソン病のせいで無表情
小刻みに歩く
（え？　うそ……）
低い抑揚のない陰惨な声で呼びかけられて　血の気のない仮面のような顔を向けられた時
息を呑んで　思わず後ずさりをした私
彼女は自室にこもり　コールで職員を呼ぶ
――私の鞄が見当たらないの
小さい声ながらもはっきりとしている
棚にしまった荷物を降ろして　本人の目の前で広げても
――弟に連絡して持ってきてもらって
彼女は納得しない

それ以外では無駄口一つきかない

日々を重ねるうちに外見は整えられて　陰惨さはなくなったが
表情は相変わらずこわばっている
話しかけると　きちんとした返答をする
どんなに難しい漢字でも教えてくれる
「こんな字も知らないなんて」というような　非難めいたところや驕りもなく
褒めてもニコリともしない
こんなに教養や人格があるのにそう見えないとは　とても気の毒
行儀よく自分の生活をこなしているのに　病のために感情の表出ができなくて　大いに損をし
　ている
他の愛嬌ある認知症の人たちは　かなりのトンチンカンだというのに……
それでも　トモヨさんの言葉にかすかな柔らかさが感じられる瞬間は　嬉しくてほっとする

ある日　娘さんが面会に来た
まだ若いであろうに　手だけは老婆のようにがさついていた
トモヨさんがか細い声で私に言う

——娘がクリスマスなのにお金がないと言うので　少しでもいいからあげたいんだけど……
世話人の弟さんに電話で問い合わせると
——大事な父親が亡くなった時には　いくら呼んでも来なかったくせに……
トモヨさんの希望は叶えられなくて　娘さんはそのまま帰ってゆく
じっと見送る彼女

後日
障害がある娘さんとのトラブルが続いて
行政が関与して　二人をようやく別居させたという昔の経緯を耳にする
世の中にはいろいろな形の不幸があるようだ

ヨシさん

ニコニコと笑顔を絶やさないヨシさん
外が大好き
夫が亡くなってからは　ずっと一人暮らしで一日中畑仕事をしていた
そのうちに　他所《よそ》の畑に入り込んでまで収穫をするようになり
遠くに住む娘が施設入所を取り計らった
今まで外でばかり過ごしていたヨシさんは　家の中でじっとしていることができない
入所してすぐに無断外出
言い聞かせてもまるで無駄
しかたなく玄関を施錠すると　台を使って部屋の窓から裸足で出てゆき
遠方まで行ってしまい　大騒動になった
他の人から通報してもらい　無事に発見されて事なきを得たが
職員は大いに肝を冷やした
診察を受けてヨシさんには薬が処方された

それからは　戸締り厳重な施設の中で一日中動き回っているが　笑顔は変わらない

そのまま一年がたち　二年目に入ったある朝
部屋から出てこないので見に行くとベッドに寝たまま動かない
返事もしない
ベッドの下の床に失禁の大きな尿だまり
これまで布のパンツを利用していて　一度も失禁をしたことがなかったのに……
笑顔が消え
言葉が消え
食欲が全くなくなった
なにより動くのを止めて歩きさえしないのだ
あわてて受診すると　これまで服用していた薬を中止することになった
たったそれだけのことで
しばらくすると笑顔が戻り
言葉が戻り
食欲が　多動が戻ってきた
職員も娘さんも大いに安堵する

一緒に散歩をすると　しっかり生き生きと歩く
ほんとに良かったねヨシさん
元に戻れて

上原さん

小柄で愛想のいいちゃきちゃきお婆ちゃん
明るく快活なお喋りはとっても楽しい
新聞屋だったと言うが　その他にもたくさんのアルバイトをこなしていた
――あのねえ　お祭りの次の日の朝には道にお金がいっぱい落ちているんですよ
――ふうーん　そうなんですか
――それが　ちょっとやそっとじゃないの　それこそお札だって落ちているんだから
――ええ?……
――自販機のつり銭んとこなんかとり忘れが多くて……
こちらまでつられてにんまりとしてしまう

自宅で一人暮らしが長かった
ケアマネージャーの話では
言葉も話の内容もしっかりとしていたので　あまり心配をしていなかったのだが

今回施設入所のために家の中の整理を手伝って　驚いたという
至る所から小銭が出てきて閉口したと
——いやあ　見た目と中味は違うんですねえ　油断していました
社交家で働き者　家事も好きな上原さんは施設の中でも喜んで職員を手伝う

遠方の子供たちが家族ぐるみで面会にくると　一緒に外出して　実に楽しそうだ
しかし　そのたびに上原さんの奢りのようだと　後になって気がついた
上原さんも子供たちも全くそれを苦にする風もない
今まで人の何倍も働いて
その小さい肩に家族を背負って
あっけらかんと生きてきて
まだこれからも　そうやって生きてゆこうとしている
上原さん

ケイさん

大柄なおばあちゃん
太った体をユッサユッサと揺すってせわしなく歩く
娘夫婦と暮らしていたのだが　日に何度も近所に押しかけて
とうの昔にやめたパート仕事へ出勤するために誘ったり　訳のわからないことを言ったり……
相手を戸惑わせるので外出させまいと努力する家族と　外出をやめないケイさん
施設に入所してからも　大変な力で鍵の掛かっている扉を開けようとする
――早く帰って子供の面倒を見なくちゃならない
――早く帰らないと姑さんに叱られる
姑さんはとうに天国へ行っているのだが　ケイさんは青くなって真剣に焦る
彼女は心臓が悪い
興奮すると酸欠の金魚みたいに口がパクパクし　胸は大きく波打つ
それでも何かに追い立てられて　外へ出るために動き回るのをやめない
自宅で長年裸足で過ごしてきたので　施設でも上履きは履かない

リハパンの使用も拒否
失禁パットの交換もダメ
頭の中は大パニックを起こしているのだろう
もう亡くなられているご主人の帰りが遅いと　心配しながら歩き回る日もあった
子供と家族のために生きる人生だったのかもしれない

それでも時間がたつにつれ　施設の生活様式に少しずつ慣れてきた
食後の茶碗洗いを頼むと手際よくやってくれる
野菜の下ごしらえもお手のもの
ところが　同じ仕事が大好きな入居者がいて　専売特許みたいに他の人にやらせようとしない
その人に台所仕事を取り上げられると
ケイさんはまた思い出したように出口を求めて歩き回る
家族は遠慮して面会を控えていた

ある時　たまたま施錠されていなかった扉から外へ出てしまった
その時は誰にも気がつかれず　時間がたってから大騒動になった
八方手分けして探し回っていると

ケイさんが近くの店へ入って道を尋ねたと　連絡が入った
まず店から家族に知らせがゆき　家族が施設に知らせてきた
よくまあ無事でいてくれたものだとほっとする

そういえば
入所して間もない頃に一緒に散歩すると
どんどん自宅の方角へ歩きだした
その形相は必死で悲壮感さえあった
すぐにくたびれて諦めるさと思った私は　全く甘かった
執念は簡単に体力を乗り越える
その時も施設に戻ろうとしなくて　往生させられた

ケイさんは若い頃　東京で住み込みのお手伝いさんをしていたそうだ
私をその家の奥様と思い込んでいるらしいと気がついたのは　ずいぶんたってからのことだった

この頃ようやく家族は　面会をしても和やかに会話ができて　ケイさんが一緒に帰りたがらな

いことに気がついた
家族が帰った後で
またいつものように出口を求めて　ケイさんは戸という戸を開けようと動き回る

橋本さん

六十代の橋本さん　グループホーム入所は早すぎる感がある
彼は定年退職をして家族と悠々自適に暮らしていたのだが
脳梗塞を発症して車椅子生活になった
妻とは若いうちに離婚をしている
元々無口で人見知りが強く　笑うことがない
痩せてはいるが長身で　介護するにはかなりの力が必要だ
自宅では孫を可愛がり　数少ない友人と交流があったと聞くが
病院からこのグループホームに入所した当時は　完全なる無表情無反応で　ベッドから動こう
　とさえしなかった
介助を受けようという気持ちだけでもあれば　たとえ指一本動かすことができなくても何とか
　なるのだが……
入院していた病院で彼の目は洞穴のようで　全く意思を感じさせなかった
それにもかかわらず　理学療法士に言われるままロボットのように動いていたのに

施設では　ベッドの背もたれを少し動かしただけで激しく怒る
言葉ではなく　強面に荒い息を吐くことだけで職員たちを震えあがらせて
（入所前アセスメントのなんと役に立たないことか……）
排便回数が多く　リハビリパンツの中へ指を入れるらしくて　爪がいつも便で汚れている
入浴を嫌がる
言葉を一切喋らず　怒るイコールＮＯ！
全てをそれで済ませようとしている
食事のたびに職員が二人がかりでベッドから車椅子へ移乗している

私は介助をするために彼に積極的に話しかけた
まずは心を開いてもらわなければならない
言葉は介護の最大の武器
（といってもマニュアル通りのことではあるが）
事前に挨拶をして何をするか目的を言い
内容を説明し
苦痛が極力最小限になるように介助すると伝えて同意を求める
明るく　丁寧に　ひるまず　笑顔で

最初こそ迷惑そうだった橋本さんも　知らず知らずこちらの調子に乗ってきた
はっきりとした返事や反応はなくて　私が一方的に話しかけているだけのようにしか見えなかったのだが
言葉はちゃんと彼の耳に届いていた
ふと気がつくと　笑顔も愛想もなしに　無言でベッドから起きて　歩行器に前のめりによりかかって歩いているではないか！
口は相変わらず一文字に結ばれたままで　せいぜい頷くかそれもしないのだが
表情が緩んで　顔の筋肉は脱力し　別人のような穏やかさがある
あの渋い顔の時には　橋本さん　よっぽど緊張をしていたのかもしれない

この頃はどんどん自信をつけて　施設内から屋外まで歩行器で出て行こうとする
家族から畑をやっていたと聞いたので誘ってみた
長い期間屋内でばかり過ごしていた彼は　ちょっと眩しそうに目を細め　風に吹かれて心地良さそうだった
――どうでしたかここのナスは　良いナスだったでしょう？
――いやあ　大したもんじゃない
橋本さんの初めて聞く声は　意外にも高音だった

亀田さん

亀田さんは自動車整備工場を経営していた
一人暮らしが長かったが訪問介護の利用を始めた
すると　誰かに騙されてどこかに送金をしていることが判り　急遽グループホーム入所が決まった
笑顔も丸い亀田さん　愛嬌がある
小刻みによく歩く
言葉数はとても少ない
嫁に来た人は両親と合わずに出て行ったが
娘たちはそれぞれ遠方に嫁いでいるので　仕方なくその元の妻が日用品などの面倒を見てくれている
彼女は来るたびに恨み言を言う
親と意見が合わず　どんな苦労でもするから一緒に親元から出てくれと哀願したのに　聞き入れてもらえなかったと

支援したくないのに支援せざるを得ない忸怩たる思いを　言わずには支援を続けることができ
ないようだ
顔を合わせずに逃げ帰る元の妻と　たまたまばったり出会っても
――おや　来ていたのか
亀田さんの人の良さそうな優しい笑顔は崩れない

亀田さんは施設の事務所が好きだ
ずんずん入ってきていろいろなモノを手に取っては戻す
たまりかねた職員に追い出されてしまうと　今度は台所に入る
デイルームに仕切られた台所で　電気ポットや炊飯器や入居者たちの湯呑茶碗などを触る
ここでも職員や他の入居者の目が厳しくて結局追い立てられるように移動する
まるで一つ一つ施設中を点検しながら巡回しているようにも見える

ある時　職員通用口を見つけて一人で出て行ってしまった
驚いて後を追ったが　建物の周囲を一回りしても中へ戻ってはもらえず
二周り目の途中でようやく一緒に戻ることができた

さて　亀田さん　今度はトイレにすっかり魅せられてしまった
トイレに入って長い時間出てこなくなり　彼が出た後のトイレは調子が悪い
トイレの中でいろいろいじくり回しているらしい
途中で覗いて出てもらおうとするのだが　執着して応じない
実は亀田さん　すでに尿意がなくて常にリハパンに失禁をしている
つまり　もうトイレに御用はないのだが
レバーやらダイヤルやら洗浄スイッチやらに用があるらしい
当然他の利用者から文句を言われるので　職員は外へと誘導する
すると　亀田さんの顔からは日頃のスマイルが消えて　頑固で厳しい別人になる
それで　誘導は亀田さんが険悪にならない程度に行われていた

ところが一人の若い介護員は当直の時に　亀田さんをトイレから出そうとして引っ掻かれた
その報告があった朝の亀田さんには　いつもの笑顔がなかった
これまで彼と他の職員との間にはそういうトラブルがなかったため
無理な誘導はしないようにとその職員に注意をしたが
彼女は恨みがましく自分の傷を眺めるだけだった
次の彼女の当直明けでは　亀田さんも怪我をしていた

彼は浮腫がひどいために皮膚が弱くて　少しの傷でも大怪我になる
詳しく聞くと「私だってやられた」と傷だらけの腕を見せる職員
癇症の彼女は　日ごろから亀田さんがいろいろなものをいじりまわるのを嫌がっていた
日勤時は他の職員の目があるので抑制が効いていたが　夜勤で一人勤務になった時に強引にトイレから引っ張り出そうとでもしたのであろうか
それは介助とはいえない　利用者の障害を全く理解していない虐待行為だ
いくら注意をされても彼女には受け入れようという気配がない
職員一人一人が持つ異なる理想は　それぞれの利用者をしっかりと把握して　それに基づいていなくてはならない
勝手で一方的な　すっきりと仕事を片付けたい気持ちを優先させてはならない
そのために施設では手順を踏んで一人一人をアセスメントし　プランし　ミーティングで情報交換を重ねて
利用者一人一人にそれぞれ異なる対応をはじき出している
亀田さんがやることや　やろうとしていることの一つ一つに　彼なりの意思や意味があるのだが
私たち介護員にはなかなかそれが汲み取れない
たとえ汲み取れて理解できたとしても　トイレの中からは　興奮させることなく出してやらな

ければならない
介助は利用者を尊重しつつ行うのが基本だ
認知症の方の介護をしていて気がついたことは
人との関係（対子供・両親・兄弟・配偶者・友人・同僚・部下・親戚・近隣などなど）におい
ても
まず相手の気持ちを理解し　尊重した上で　自分がやろうとする行動（介助）の目的を把握し
それを相手に伝えてから行う
そういう点では同じだなということである
人間はもともと感情の動物である
老化して認知症が始まると理性が弱くなり　ますます感情だけになってゆく
同じく感情の動物である介護員が介助をするわけだから　いろいろなことが起きる
そのために理念や基本やルール・マニュアルがあり
チームで介助するためにミーティングを重ねている
亀田さんの毎月の受診には私が同行する
道に不慣れな私を彼は上手にナビゲートしてくれる

私はしょっちゅう間違えるのだが
隣でニコニコと座ったまま「右」「左」と怒りもせずに教えてくれる
——亀田さん凄い！　今度また間違ったら教えて
彼は相好を崩して頷く

タミさん

料亭のおかみさん
といっても病気がちで　ご主人が全てを取り仕切っていたという
跡取り娘の彼女は大切にされて　布団の中で一日中過ごしていたとか……
ところが　元気だったご主人の方が先立っていかれた
ご主人の言いつけをよく守っていた　箱入りお婆さんのタミさんは慌てた
ふと思いついて用を足そうと外出したが　家に戻れなくなって警察に駆け込んだ
迷子になって　たびたび警察のお世話になってはいけないと　遠方に暮らす子供がグループホ
　ーム入所を決めた
タミさんは人見知りが強い
目を細めたままのにたにた顔で　他の人たちの動向をじっと見つめている
入浴拒否がすさまじい
排泄介助もさせてもらえない
プライドがあるから強引にもできず　悩みどころ

さて　それから徐々に判明した衝撃の事実は……
鬘《かつら》を利用して禿《はげ》を隠していた！
入浴拒否の原因の一つが理解できた
昔のお嬢様だったから　日本髪で過ごす期間が長かったためではなかろうか？
大変な円背であるのにそちらのほうは全く気にもとめず
禿のほうはどうしても人に知られたくなかったようだ
現に長男夫婦も全く気がついていなかったという

タミさんは株をやっていた
テレビショッピングが大好きで　新聞広告を見ると電話をかけて注文してしまい　家族は困っていた
彼女の頭の中は実にクリアーに動いていたようだ

今や施設の中を自由に移動している
それを見た息子は仰天する
母親が布団から出ている姿は見たことがない
あれほど長年手厚く父親に介護されていたのは　一体何だったのか？　と

それを聞かされて職員も仰天する
老人でも環境が変われば日常生活が一変する……いや順応できると……
今では入居者仲間とソファーに座って楽しく雑談をしている

介護の本に　ソファーは円背を招くので　予防に背もたれが必要と書かれてあったので　わざわざ休みの日に作って置いておくと
彼女は目を吊り上げて怒った
あれほどのタミさんの見幕は見たことがない
背もたれクッションを半分の厚さに作り変えてみたがそれでもダメで
——あのね　背中が丸くならないためなんですよ
こちらの話は全く受け付けてくれない
とうとうクッションを取って元の状態に戻したら　ようやく私を攻撃するのをやめた
すでに極端な円背になってしまっているタミさんには　クッションは苦痛でしかないのであろう
ソファーを見るたびに　クッションを入れて他の入居者の円背予防をしたいと思うのだけれど
タミさんがしっかりと目を光らせているのでできない

サキさん

お豆のようなちょっと浅黒くて張りのある肌
きらきら光る黒目
如才なく喋るサキさん
一応お嬢様として育てられたが　親の反対を押し切って恋愛結婚をして　夫と二人で苦労して
……
誇らしげに自分の人生を語る
愛する夫が施設入所となり　サキさんもショートステイなどを利用し始めたが
帰宅願望が強すぎるためにこの施設へ移った

最近まで車で商品の配達をしていたサキさんは　とにかく外へ出たがる
明るく　元気に　さばさばと
――ねえ　ちょっと出して
会話に紛れて　ぼかして　退散をしていただくのだが

数分もしないうちにまたやってきて繰り返す
——ねえ　ちょっとでいいのよ　ほんのちょっと
つい先日まで自由に外出していた人だと思うと　気の毒ではあるが　退散会話を繰り返す
だが　サキさんはちょっとやそっとじゃ諦めない
怒ったり憤慨したりせずに　気軽に粘り強く何度も交渉してくる
この根気の良さ　バイタリティ
私たちも大いに見習うべきではあるのだが
ジャブのようにダメージを受ける

ある日　とうとう施錠忘れの非常口から出て行ってしまった
さあ　大変
手分けして捜すが見つからない
家族にも報告を入れて連絡を取り合う
何かあったらどうしよう?
捜しながらも焦りは募る
そのうち
——それなら　昔の実家のほうかもしれません

娘さんが言い出す
――いました　見つけました　無事です！
捜す方角を変えた職員の一人から報告が入る
――やったあ　良かった　よく見つけてくれた
腰が抜けるほど安堵する
その職員の車に乗っていつもの笑顔で戻って来た

――ねえ　ちょっと外へ出られない？
憎めない人なつっこい口調でサキさんの毎日が再開する
私は外出の用事がある時に　サキさんも助手席に乗せて出かけた
彼女は車窓の景色をくいいるように眺めていたが
――ここはよく来た　この近くに私の家があるのよ　すぐ近く
ぎくりとした私は　さりげなくコースを変える
彼女は機嫌を損ねる風もなく　満足して施設に戻った
それからは一緒に散歩を始めた
散歩から戻った数分後には
――ねえ　ちょっと外へ出して　ちょっとでいいの

――今行ってきましたよ
すっかり忘れて　すがすがしい表情で繰り返しやってくる

アヤさん

ブルブルブル
激しく全身を震わせたなり硬くなって
――私　海に入って死んでしまおうか？
　もうなんもできねなって邪魔もんになったんだろう？
相手が何と言おうが聞く耳を持たない
顔は青く　目も口も尖って喧嘩腰
――じゃ私はどうすればいいの？
――トイレ　トイレはどこ？
トイレも居室も覚えられない　その都度聞いてくる
尋常じゃない物言いに職員だけでなく　はたで聞いているだけの入居者たちからも疎まれる
それを感じ取ってより一層攻撃的になる
嫌がられるからといって　アヤさんは何も言わずにじっとしてなんかいられない
ほんとうは　温かい返事が欲しいんだよね　アヤさん

あなたは邪魔もんなんかじゃない
これまで充分働いて家族の役に立ってくれたんだから
もうゆっくりしていていいのだと
家族に見放されたわけではない
ずっとここにいてのんびりしていられると
（ここが彼女の自宅だったら　どんなにいいのかしれないのだが……）
アヤさんのそばについて　ゆっくりと繰り返しそう言い続けてあげると　彼女は落ち着く
しかし時が経てばまた興奮が始まる
職員はやるべきことが多すぎてそこまではできない
アヤさんは若い頃は大変な働き者で　自分にも他人にも厳しかったのかもしれない
そういう厳格なしばりに　今も自らからめとられて抜け出せないのかも……
自分の居場所を求めて彼女は身も世もなくあがいて助けを求めている
もうあがかなくてもいいのに
のんびりとできるのに
いつもそばにいてそう言い続けてあげられれば　どんなにほっとするだろうね
アヤさん

実習生

外国から実習生が二人やってきた
日本語はほんの少ししか喋れない
ある日アヤさんにおやつを勧めたら
――あんたが食べなさい
と言われたという
――だめです　これはアヤさんのです　食べてください
押し問答になって困ったそうだ
この日に限らず二人はいつもアヤさんの興奮に悩んでいる
何とかしてあげたいのに何もしてあげられないからだ
他の日本人スタッフも同様の体験をしているのだが受け止め方がまるで違っている
〝全く困った人だ〟というのと〝気の毒な人だ〟というくらいの違いだ
誰も正解を持っていないので教えてあげることができない
彼女たちはよく「アヤさんは優しい」と口を揃えて言う

日本人スタッフからは聞いたこともない感想だ
私は日頃から　言わなければならないことがたくさんあると思っていたが
どれも直接正解を教えることにはならず
かえって混乱させるだけになりそうだと考えていた
運転をしながら後部座席の二人に向かって言った
——アヤさんはおやつを勧めると「毒が入っているんだろう?」と言うことがよくあるよ
　もし本気でそう思っているのならどうしても食べろとは言わないほうが良いよね
二人はぎょっとして頷く
——「あんたが食べなさい」と言われたら　ほんとに食べなくて良いから「はいわかりました」
　と言って　目の前からおやつの皿を片付けてしまえば　アヤさんも安心するんじゃないか
　しら?
先輩から教えられた通りに誠実に仕事をしている二人は　深く考え込んでしまった
——アヤさんはね　職員を困らせるために興奮しているんじゃないのよ　本当に困っているの
　自分でも安心したいからああしているの　どうしてあげたらいいのかしらね?
しばらく車内は無言のまま帰路を進んだ
——私　間違えました
いきなり一人が言う

さっきのおやつ対応を反省したらしい
私はこんなに素直な反省の言葉を聞いたことがない
介護には間違いも正しいもない
よく見て　考えて　やってみてからその人の反応を観察して　また考える
そうやって相手の気持ちを汲んで介助するだけだと話してやった
彼女らの素直なアンテナは素晴らしい
私たちが今までできなかったことを　クリアーしてくれる可能性を秘めている
丁寧に導いてあげなければと思った

――住み慣れた家で――

曾祖父母

――このアマ！
ちっちゃいじいちゃんがばあちゃんをののしる
ふたりで炬燵《こたつ》にあたっていたのだが
いつものようにけんかが始まった
やがて　悪態をつきながらばあちゃんが炬燵から出て行く
口げんかなら　ばあちゃんにはかなわない
けっきょく　いつも　じいちゃんがどなりだす

夕方になると
ばあちゃんは　わたしに酒を少々買いにやらせる
夕食の丸いちゃぶ台の上には　お燗《かん》をした酒と肴《さかな》が
じいちゃんのためにばあちゃんの手で用意されている

やがて　じいちゃんが床《とこ》につくようになると
まもなく　ばあちゃんも寝つくようになり
ふたりで　ふとんをならべて病人になっていた
そうして　じいちゃんの寿命がつきると
まもなく　ばあちゃんも天国へ行ってしまった

天国でも
あいかわらず　ふたりでけんかしているのかな？

爺ちゃん

祖父は大きな人
痩せて　骨太で長身
無口で穏やかでよく働く
ところが
とつぜん半身不随になった
ちゅうぶ（中風）がおきたと当時はよく言われていた
今で言う脳梗塞で　その頃は絶対安静が基本の療法
現代ならば症状が落ち着くとすぐにリハビリを始めて　体の運動機能をできる限り維持しようとする
近年の医学の進歩は脳梗塞の患者に大きな恩恵をもたらしていて　多くの人が寝たきりにならずに活動できている
その頃の長い絶対安静の入院生活で　体を動かすことができなくなった祖父の　寝たきり生活

が始まった
言葉は思うにまかせなくて　辛抱強い人だったのに
いらいらしたり　がっかりしたり　時には静かにただ涙だけを流した
その　やるせない表情
時がたつにつれて床ずれ（褥瘡《じょくそう》）がひどくなる
介護保険制度が充実している現代であれば
祖父のような大男でも入浴介助を受けることができるのだが
当時の彼は体を母に拭いてもらうだけだった
その頃　床ずれは寝たきりにつきものといった　諦めのような風潮があった
今では徹底的に治療し　防ぐために体位交換をしたり　ベッドやマット　車椅子などありとあらゆる補助具を総動員するし　栄養面も強化する

幼い頃はあんなに可愛がってもらったのに
わたしは何もしてあげられなかった
寝たきりの祖父を母がひとりで世話をする

地震がおきた時に母は祖父と家に残り

子供たちだけで避難した
祖父はあんなに良い人だったのに
その時わたしは祖父を恨めしく思った

中三になって修学旅行から帰ってきた日
バスから降りて解散すると
わたしひとりだけ親のお迎えがなかった
祖父はほどなくして辛抱づきの一生を閉じた

すっかり肉がこそげ落ちた祖父はそれでも大きかった
アルコールで体を清められる姿は恐ろしくて　とても正視できなかった
大人たちは忙しく立ち回っていたが
睡魔《すいま》に勝てなかった子供たちは　先に二階で眠ってしまった

夢の中で
爺ちゃんの棺桶《かんおけ》の蓋《ふた》が開き
白い着物を着た爺ちゃんがむっくりと起きあがった

わたしはたじろぐ
——おっかねえ
　ごめん
気の毒で……
めったに出会えないほどの良い人だったとわかっているのに
ほんとうに申し訳ないと思いつつも
とほうもなく怖かった

三日月

夕方
父はデイサービスから戻ったままのかっこうで　ぐったりと横になっていた
今日はおやつも食べていない
母は朝から　具合が悪いと布団の中
友人からもらって帰った枝豆を広げると　二人はうまいうまいともりもり食べる

――花火を見に行こう
案の定　父が言い出す
こうなるとかならず行くはめになる
おにぎりと麦茶を用意して車に乗る
田舎道を車で進んで行くと　花火が遠くに見えてきた
農道ぞいには見物の車が並び　田んぼ際に腰をおろして夜空を見上げている

——ここもいいねえ
——いや　あの家の屋根がじゃまでよく見えない
　もう少し先に行こう
結局　去年と同じ場所になる

——お　上がった上がった　ほらまた上がった
父は興奮して母のおしゃべりをさえぎる
——若い時は　わざわざ近くの川原まで行って見物したけど
　歳とったら　遠くから見るのもいいねえ
——ああ　じゅうぶんだよ
三人とも車からさえ降りない
シートに座ったままで前方を見つめている

花火は息つく間もなく打ち上げられる
上空で花開き　しぼんだあとにパンパンと　遅れた音が申し訳なさそうに鳴る
前の花火の残光の上を次の花火が天空めがけて上ってゆく
橙《だいだい》色の大輪《たいりん》の菊が開花した

大気を震わす音に身がすくむ
菊はしだれ柳に変わり　赤いちいさな星がきらめきながら降ってくる
あいくるしい
感嘆する間もなく打ち上げられる美しいミサイル
クレヨンで色付けしたような毒々しい色の氾濫
それらが燃えている　チリチリチリと
ねじれながら　うねりながら　錐《きり》でもみこむように
はかなさが忘れられない記憶になるように
これでもかこれでもかと豪華な色の喜びにひたり
満足をこえる満足をしつづけると
昔の　はかない切なさは忘れ去られる

――なんとかかんとかというのが歌いにきているそうだよ
――平原綾香だよ
――ふうん　そうか
人間の声がこの花火に合わせられるのなら　技術の勝利だ
あたらしい陶酔と感動と錯覚で忘我《ぼうが》の境地をたゆとうた後に

新たな欲望の種を播くだろう

――中東では戦争してるっていうのに　ばかどもが
――ほんとうだよ
――戦争なんてしていちゃ　こんな花火楽しめないだろうに

頭上をヘリコプターが飛び回る
見上げれば　三日月が花火の方を向いている
昔　父が近所のおばさんに似ているといった　あの三日月だ
ぽつりぽつりと落ち出してきた雨粒や　ハエのようにうるさいヘリコプターにも気をかけずに
三日月は空に吊《つ》られたランプのように架かっている
わたしはつぎつぎと繰り広げられる花火に夢中になりながら
ときどき思い出したように月を確かめる
(月と一緒に花火見物かあ)

――いやあ　馬鹿どもが　上げる上げる　どれほど上げれば気が済むやら
とうとうミサイルを上げる者も　花火を上げる者も　ともに馬鹿扱いだ

——お金がいっぱいかかるんだろうねえ　一本何万円だろうねえ？
すっかり浮世をわすれていた母が下世話な話をする
まわりの田んぼから低い蛙の鳴き声がしてきた
目の前を車がひっきりなしに通る
吹く風は涼しく　小雨も上がった
月はへこんだ中央部だけが暗く　両端の額と顎が煌々《こうこう》とかがやいている
——もういい　さあ帰ろう
父の言葉で帰ることになった

ハンドルを握りながら　絶え間なく欠伸《あくび》がもれる
来るときにはびっしりと駐車していた車がもう一台もなく
田んぼは闇に静まりかえっている
わが家で車から降りると
家並みに狭められた帯状の空に　星がびっしりと　慎ましやかに瞬いている
そして
思ったよりもずっと低い空で　あの月が同じ顔で覗いていた
花火じゃなくて　わたしを

ある春

三角チューリップ四角く咲いた
佐渡はうっすらあおい影
婆さんがいつまでも畑にうずくまって作業をしているので
デイサービスからもどるなり爺さんはあおむけで居眠りしている

朝はカラスのふたこえみこえ
静かな夕べはカモメも鳴かない
雪どけ小川はひもすがら
どよめきながら　流れてる

お見舞い

お見舞いは　寂しいね
まだ若くて元気だった頃に会ったきりの人に
青ざめた病床で再会するのは　つらいね
見栄も外聞もなくなって　病と命の取引に身を費やしている
そんな知り合いのすっかり小さくなった姿に
——調子はいかがですか
と声をかけたものの
目に入ったのは
脂っけのない薄い髪
うつろな瞳
丸まった背中
相手も返事のしようがなくて　苦笑《にがわら》い

苦笑いできる元気がある人は　まだ嬉しい
諦めたような光のない瞳を向けられると　こちらも瞬間言葉に詰まる
元気だった頃のその人との思い出が頭を巡り
現状との落差に茫然として
人間はこんなにも変わってしまうものかと……
見舞いたい気持ちがあるのに　見舞われる相手の心の重さを感じて　見舞ったことに後ろめた
ささえ覚える

そういうお見舞いは本当に
寂しい
哀しい

でも
誰も見舞いに来てくれなければ
やっぱり　本当に　寂しい

鏡

友人の真新しいマンション
その十四階の部屋にある洗面台に青みがかった灯りの　大きな三面鏡がついている
その左右の鏡を開きながら　そっと首を差し込んでみた
……そこにいたのは……
頬がこけ　顎だけはたっぷりと太った血色の悪いお婆さん
目の下がぶよぶよと窪んでいる
え？
そんな筈は……
横から見たほうが……
苦心してあれこれ角度を変えてみる
顎がだらしなく何重にも垂れ下がって
鏡の中で自分を点検する目だけが意地悪く光っている
愛想笑いに努めると　この上なく人相が悪い

すっかり打ちひしがれて　鏡から離れる
私があの顔でキョロキョロ生きているってこと？
考えたくもない

思えば
十数年前に通りすがりの民家のガラス窓に映った私は生気のない老婆
十年前のスーパーのトイレの鏡の中ではしょぼくれて見る影もない姿

でも
この頃　私は鏡を見るのが好きだ
私の家の鏡は　眼鏡さえかけなければ　皮膚のでこぼこもしみも映さず
化粧した私の顔を　優しく笑顔で受け入れてくれる
友人のマンションで　鏡の魔法使いに意地悪されてへこんだけれど
ただいまあ
我が家の親切な魔法使いは　優しい目で微笑む
おかえり
なあんだ　ここにいたのか

もう大丈夫
安心の日々がまた始まる

著者プロフィール

素味香（すみか）

新潟県に生まれる。
高校卒業後、進学のために上京。卒業後は自営業を経て介護職に就く。

老いの風景

2023年１月15日　初版第１刷発行

著　者　素味香
発行者　瓜谷 綱延
発行所　株式会社文芸社
〒160-0022　東京都新宿区新宿１－10－１
電話　03-5369-3060（代表）
03-5369-2299（販売）

印刷所　神谷印刷株式会社

ISBN978-4-286-28004-2